심연들
Abîmes

마지막 왕국 III
Dernier royaume III

Abîmes—Dernier royaume III
Pascal Quignard

Copyright ⓒ 2002 by Éditions Grasset & Fasquelle
Korean Translation Copyright ⓒ 2010 by Moonji Publishing Co., Ltd.
All rights reserved.

This Korean edition was published by arrangment with Éditions
Grasset & Fasquelle through GUY HONG AGENCY.

이 책의 한국어판 저작권은 GUY HONG AGENCY를 통해
Éditions Grasset & Fasquelle와 독점 계약한 ㈜문학과지성사에 있습니다.
저작권법에 의해 보호받는 저작물이므로 무단 전재 및 복제를 금합니다.

파스칼 키냐르
Pascal Quignard

심연들
Abîmes

류재화 옮김

문학과지성사
2010

파스칼 키냐르 Pascal Quignard

1948년 프랑스 노르망디 지방의 베르뇌유쉬르아브르(외르)에서 태어나 1969년에 첫 작품 『말 더듬는 존재』를 출간했다. 어린 시절 앓았던 자폐증과 68혁명의 열기, 뱅센 대학과 사회과학고등연구원에서의 강의 활동, 갈리마르 출판사와의 인연 등이 그의 작품 곳곳의 독특하고 끔찍할 정도로 아름다운 문장과 조화를 이루고 있다. 죽음의 문턱까지 갔다가 귀환한 뒤 글쓰기 방식에 큰 변화를 겪고 쓴 첫 작품 『은밀한 생』으로 1998년 '문인 협회 춘계대상'을 받았으며, 『떠도는 그림자들』로 2002년 공쿠르상 수상의 영예를 안았다. 대표작으로 『로마의 테라스』 『혀끝에서 맴도는 이름』 『섹스와 공포』 『옛날에 대하여』 『빌라 아말리아』 『세상의 모든 아침』 『신비한 결속』 『부테스』 『눈물들』 『하룻낮의 행복』 『세 글자로 불리는 사람』 등이 있다.

옮긴이 류재화

고려대학교 불어불문학과를 졸업하고 파리 소르본누벨대학에서 파스칼 키냐르 연구로 문학박사 학위를 받았다. 고려대학교, 한국외국어대학교 통번역대학원, 철학아카데미 등에서 프랑스 문학 및 역사와 문화, 번역학 등을 강의하고 있다. 옮긴 책으로 파스칼 키냐르의 『세상의 모든 아침』, 클로드 레비스트로스의 『달의 이면』 『오늘날의 토테미즘』 『레비스트로스의 인류학 강의』 『보다 듣다 읽다』, 발자크의 『공무원 생리학』 『기자 생리학』 등이 있다.

심연들

제1판 제1쇄 2010년 12월 29일
제1판 제5쇄 2025년 5월 26일

지은이   파스칼 키냐르
옮긴이   류재화
펴낸이   이광호
펴낸곳   ㈜문학과지성사
등록번호 제1993-000098호
주소   04034 서울 마포구 잔다리로7길 18(서교동 377-20)
전화   02) 338-7224
팩스   02) 323-4180(편집) / 02) 338-7221(영업)
전자우편 moonji@moonji.com
홈페이지 www.moonji.com

ISBN 978-89-320-2178-2

차례

제1장 (장 드 라퐁텐) 11
제2장 (뽑힌 전화선) 17
제3장 (시간의 자기극에 관하여) 18
제4장 도-솔 23
제5장 (마르트) 25
제6장 (뷔르템베르크의 풍경) 28
제7장 계절과 문장 29
제8장 (폐기물) 38
제9장 (아우구스투스 황제에 관하여) 39
제10장 골동품상에 관한 소론 41
제11장 바로 46
제12장 노스탤지어 49
제13장 (셰익스피어) 57
제14장 도 58
제15장 (베르그하임에서의 낚시) 60
제16장 (밤의 칠흑에 대하여) 61
제17장 쓴맛 63
제18장 (떠나다) 65

제19장 (부산) 66

제20장 (심연에서 녹는 세기에 대하여) 69

제21장 죽은 시간에 대하여 70

제22장 통과의 산 77

제23장 (부조니에 관하여) 78

제24장 (M.) 80

제25장 까마귀들 81

제26장 오비디우스의 충동 83

제27장 하늘론 91

제28장 시원의 방사광 92

제29장 (칸트) 96

제30장 달팽이 102

제31장 (요긴두) 104

제32장 피아노 106

제33장 하지와 동지 114

제34장 (최후까지) 120

제35장 (시간의 샘) 121

제36장 (수은) 122

제37장 사후 혹은 여파 123

제38장 현재 126

제39장 그래도 밤이어라 132

제40장 꿈 133

제41장 우핑턴의 말에 대하여 140

제42장 습관성에 관하여 141

제43장 플라오 공작부인 143

제44장 사랑의 손수건 144

제45장 그리즐라 불린 여자 이야기 147

제46장 (샘 사람) 149

제47장 (원) 150

제48장 해피엔드에 대하여 152

제49장 구석기의 죄책감에 대하여 155

제50장 우르바시 159

제51장 (하얀 심카) 161

제52장 (경계들) 162

제53장 '뒤로'에 관하여 163

제54장 동물들 168

제55장 힘에 관하여 175

제56장 생각할 수 없는 것을 위한 통로 179

제57장 조상 공포 188

제58장 (보이지 않는 태풍) 189

제59장　오르페우스 (1) 오이아그루스의 아들　190
제60장　오르페우스 (2) 아오르노스　191
제61장　오르페우스 (3) 요약　193
제62장　젠치쿠의 칠류　201
제63장　에오스　203
제64장　(밤)　205
제65장　(5미터 8센티미터 헤일 천체망원경)　206
제66장　(대지)　207
제67장　(상상력)　211
제68장　까닭　212
제69장　엘리스의 엔디미온　215
제70장　(로히어르 판 데르 베이던)　217
제71장　(시간의 밤에 대하여)　218
제72장　어두워 진한　220
제73장　(조국)　223
제74장　시간이 결코 무화하지 못하는 것　225
제75장　과거가 된 신　227
제76장　(루이 코르데스)　230
제77장　시간의 깊이에 대하여　232
제78장　장자의 새　242

제79장 〈뇌이이 다리〉 247

제80장 모더니티 250

제81장 문법학자 퀸틸리아누스 254

제82장 〈1945년의 심연〉 257

제83장 태고의 흔적들 260

제84장 약스트 262

제85장 읽다 263

제86장 읽는 중에 눈은 보지 않는다 264

제87장 옛것을 뒤지다 265

제88장 라이니아 271

제89장 로마 272

제90장 베르길리우스 276

제91장 붉음 277

옮긴이의 말 | 야(野)하고 생(生)하고 정(精)하고 정(靜)한 280

작가 연보 294

작품 목록 304

일러두기

1. 이 책은 Pascal Quignard의 Abîmes—Dernier royaume III (Paris: Éditions Grasset & Fasquelle, 2002)를 우리말로 옮긴 것이다.
2. 파스칼 키냐르의 원문에는 주가 없다. 본문의 각주는 옮긴이가 보충 설명한 것이다.
3. 강조하기 위해 원서에서 이탤릭체로 표기한 것을 본문에서는 고딕체로 표기했다.
4. 맞춤법과 외래어 표기는 1989년 3월 1일부터 시행된 「한글 맞춤법 규정」과 『문교부 편수자료』『표준국어대사전』(국립국어연구원)을 따랐다.

제1장

:

그의 침묵이 불행 탓은 아닌 듯했다. 그의 내부에서 침묵은, 그늘은, 우울은, 허무는 그가 찾던 쾌락과 연관이 있었다. 자주 니체가 이 침묵과 혼돈되었다. 니체는 어슴푸레한 빛 속의 순수 기다림과 더는 분간되지 않았다. 행복. 여기에 읽기가 또 하나의 목소리를 더하니 노래와는 다른 소리가, 더 독특하고 기이한 소리가, 영혼이 깃든 소리가 공명 속에 울리었다. 독서하는 자는 인간 목소리 호숫가보다 더 옛날의 호숫가에 서 있는 동물 같다.

연회에서는 친절과 환대 넘치는 벗이었다. 그러나 연회에 이어지는 향락에서는 더없이 신중했다. 아래만 겨우 벗고 은밀히 동할 뿐 난음에는 끼지 않으려고 온 신경을 곤두세웠다.

그는 일체의 잡음을 싫어했다.

충격에는 소스라치게 놀랐다.

말을 많이 하는 여자들, 사내들 무리를 기피했다.

그는 라틴어를 지극히 사랑했다. 기사도 시절과 샹파뉴 왕정 당시 프랑스에서 쓰였던 고어[1]로 글을 쓰는 나이 든 작가들 대부분을 흠모했다. 읽지 않고는 일절 쓰지 않았으며, 읽으며 호흡의

제1장

박자를 미리 가다듬지 않고서는 일절 쓰지 않았다.

전혀 헤매지 않는 것은 내 능력 밖의 일이라고, 그는 썼다.

그는 이렇게도 썼다. 욕망을 해결하기가 힘들다.

서로를 못내 그리면서도 사랑을 잘 못 하고, 욕정보다는 감상을 선호하고, 어둠 속에서 서로를 탐하는 무의미한 행복보다는 호사가적·사교가적 호기심을 선호하는 두 비둘기에 관하여 그가 쓴 우화에서, 서술이 끝나갈 무렵, 설명할 수 없는 노래가, 파도처럼, 지금까지 말한 모든 것들에 의해 뒤집혀 다시 나아갔다가 더는 못 참겠어서 다시 인다.

묘사할 게 더는 없는, 완전 벗은 이 노래는, 너무 단순해 그 앞 흐름에서 벗어나기 위해서는, 정말 거의 하나도 기독교적이지 않은, 너무나 근원적인, 너무나 성적인, 너무나 치명적인 그의 생각을 관조하기 위해서는 극도의 노력을 해야 한다.

모든 자연의 파도처럼 그 파도도 모래밭 끝을 축축이 적셨다가 힘이 쇠하여 물러난다.

거기서는 아무것도 빛나지 않는다.

그러나 거기서는 그 음울한 흔적 속에 어떤 것이 발하고 있거나, 그 지독하고 고요한 체류 중에 숨을 쉬고 있다.

---

1) 고대 프랑스어로 통칭되는 11~13세기 중세 프랑스어. 『롤랑의 노래』와 같은 대표적인 중세 무훈시가 이 고어로 쓰였으며, 프랑스 샹파뉴아르덴 지방은 11세기 프랑스 블루아 왕가의 영지였으며 12세기에는 프랑스 왕가에 완전 병합된 지역으로, 이 당시를 보통 샹파뉴 왕정 시대라 부른다. 라퐁텐은 이 샹파뉴 지방 출신이다.

제1장

소멸하는 음성 사이로 둔탁하게 퍼지는 자간의 공명미(空鳴美).
숨 막히는 기이한 빛.
파리한 금박,
힘든 순간 찾아오는 새벽,
불쑥 찾아든 희미한 빛,
밤을 부르는 것인지, 낮을 부르는 것인지 알 수 없는 **광채**.

*

매번 일조를 맞는 밤보다 더 **어두운** 물을 빨아들인 것 같은 흔적.
태양 아래 살기 전, 우리가 살았을 그런 물.
나는 한 얼굴을 떠올리려고 한다. 1640년 글을 쓰기 시작한 한 남자의 얼굴. 아니 흐르는 물에 비치는 것 같은 세계에 대해 말하려고 한다. 일그러진 게 아니라 흔들리는 세계.
태양의 희끄무레한 반사광으로 생긴 두 물 사이의 세계.
물가 옆에 가서 비추어 볼까?
나를 본 것이 아니다.
그 영상을 보았을 뿐.
끊임없이 돌아오는 것.

*

제1장

인간들의 힘든 일들을 분할하는 시간, 연속하는 시(時)를 분할한 시간, 인간을 순간에서 빼냄으로써 황홀경을 누리는 동물적 힘을 인간에게서 박탈하는 시간 등을 묘사한 그의 시의 1678년 교정자(**"한 해에 날들이 삽입되는 것이 고통이다"**)가 있다.

장 드 라퐁텐[2]은 마분지 책갈피에 그 교정자를 적었다.

나는 이 교정자를 보러 옛 국립 도서관——지난 세기부터 파리 2구 리슐리외 가에 있는——특별보존서적실에 가곤 했다.

작은 철책 공원이 내다보이는 이 창백한 열람실의 칙칙하고 수선스러운 냄새 속에서 우리는 숨을 쉴 수조차 없다.

그 시대에, 이 장소에서 **"어떤 날들이 삽입된다"**가 실린 초판본을 보관하고 있었다.

별 의미 없는 한 줄일까? 아니면 이토록 예측할 수 없는 이 예술을 떠올리며 내가 그냥 무슨 말이라도 하고 싶어 의미를 부여하는 것일까?

---

[2] Jean de La Fontaine(1621~1695): 프랑스 샹파뉴 지방 출신의 17세기 프랑스 시인. 『우화』로 유명한 대표적 우화작가. 초기에는 재무장관 푸케에게 장시를 바치는 등 궁정과 관계를 맺다가 푸케 실각 후에는 궁정을 멀리했다. 마담 드 라 사블리에르 살롱 등에 기숙하며 수많은 작품을 썼다. 예지와 교묘한 화술로 폭력을 제압한 고대의 이솝에 깊은 영향을 받았으며 동양의 우화를 비롯한 다양한 소재를 서정과 풍자, 혜안이 어우러진 독창적 기법으로 소화하였다. 모럴을 겨냥하고 있는 듯하나 한두 번의 읽기로는 그 혜안이 쉽게 드러나지 않는다. 키냐르는 『떠도는 그림자들』에서 "라퐁텐의 우화집은 발간 즉시 인기를 누렸지만, 우화 자체는 거의 이해되지 못했다. 이 우화들은 중학교 교재로 채택되지 못하고 외면당했을 뿐만 아니라, 사회에 대한 불신과 종교에 대한 모독으로 가득 찬 그 괴로운 의미에 대한 언급도 자제되었다"고 적고 있다.

제1장

*

　내가 좋아하는 곳이 있다. 세상에서 멀리 떨어진 곳, 생후 18개월 이전에 내가 살았던 곳, 덩굴나무·호두나무·뽕나무 뒤덮인 담장 앞, 이통 강[3] 냇가. 물이 그토록 맑아 반사광 하나 없었다. 이런 곳을, 이런 종류의 냇가를 내가 생전에 알았나 싶다. 그것은 아마 내 어머니의 안[內], 어머니의 보이지 않는 자궁 속, 그곳에 드리워진 그늘 속일 것이다. 그냥 어떤 곳, 비천한 곳, 좁은 곳, 내가 '자디스jadis'[4] 라 부르는 곳. 카프리 해안 절벽 수영장에서 클라우디우스 황제[5]는 에우리피데스의 비극에 나오는 이 문구를 시종 되뇌었다고 한다.

---

3) 파스칼 키냐르가 태어난 베르뇌유쉬르아브르에 흐르는 강. 외르 강과 센 강의 지류.
4) 파스칼 키냐르 문학의 근원적 탐색어인 Jadis를 '옛날' '옛날 옛적' '태고' 등으로 옮겨 볼 수 있지만, '옛날'이라는 말로는 Jadis가 암시하는 형상적 이미지를 다 살려내지 못한다. 1175년부터 생긴 Jadis라는 말은, 고대 프랑스어로는 "Ja y a dies"로 분해되어, "이미 어느 날이 있었다"로 해석된다. 근대 프랑스어에 와서는 의미가 더 심화되어 "Déjà jadis il y eut il y a"가 되는데, 즉 "이미 옛날에 ~이 있다가 있었다" 정도로 해석할 수 있다. 단순히 옛날이라는 과거의 한 지점을 가리키는 말이 아니라, 계속하여 쌓이는 세월의 누적, 그 켜, 그 적층적 연속성을 상기할 필요가 있다.
5) Claudius(B.C. 10~A.D. 54): 고대 로마제국 제4대 황제(재위 41~54). 초대 아우구스투스 황제의 손자로 역사가 수에토니우스에 따르면 그는 눈을 심하게 떨고, 다리에 힘이 없어 걸핏하면 자빠지고, 화가 나서 흥분하면 말을 더듬거리고, 침을 흘리고 콧물까지 흘리는 등 얼굴이 심하게 일그러졌다고 한다. 이런 신체적 장애로 바보 취급을 받았으나 티베리우스 황제와 칼리굴라 황제의 권력의 틈바구니에서 살아남아 당당히 황제가 됨으로써 자신이 바보가 아님을 증명하였다. 박학한 역사가이자 유능한 행정가, 군사 전략가, 사법 개혁가의 면모를 갖춘 실력 있는 황제, 이것이 그의 진짜 얼굴이었다.

제1장

"인간의 제국은 없다. 내 위를 날아다니는 바닷새들만 있을 뿐."

안도라에서 죽음을 맞으며 아사냐 대통령[6]은 측근들에게 이렇게 말했다고 한다.

"이 나라 이름이 무엇인가? 이 나라가 실제로 있기나 했던가? 내가 대통령이었던 나라? 나는 아무것도 기억나지 않는군."

---

6) Manuel Azaña(1880~1940): 스페인 제2공화국 2대 대통령이자 마지막 대통령(재임 1936~1939). 스페인은 1931년 왕정이 폐지되고 마누엘 아사냐가 이끄는 좌파 인민전선이 참여하는 제2공화국이 들어섰다. 사회주의 정권의 등장에 두려움을 느낀, 프란시스코 프랑코를 중심으로 한 우파 세력은 군사 반란을 일으켜 1939년 공화국을 무너뜨리고 독재 정권을 수립하였다.

제2장

:

전화벨이 울렸다. 나는 고개를 숙였다. 문과 소파 사이 콘센트에서 시작해 굽도리 널을 타고 죽 늘어진 전화선이 보였다. 일어나 문 쪽으로 가 몸을 숙이고 플러그를 뽑았다.

전화 벨소리가 툭 끊겼다.

그제야 만족해 나는 양손을 비비며 바닥에 앉았다.

"당신 집이에요?"

그녀가 내게 말했다.

그러고 보니 그랬다.

"아니."

"내 전화선을 왜 당신 마음대로 뽑아요?"

"소리."

그녀는 두 손가락 사이에 담배를 꼬나물고 있었다.

나는 '날들' 사이로 날아가는 연기를 바라보았다. 하얗고 가녀린 그녀의 손가락 사이로 분명 드러나는 **날들**.

제3장

:

지구의 자전축은 극지방을 통과한다. 태양광선은 극지방을 비스듬히 쏜다. 각도에 따라 광선이 지표면에 닿고, 지표면이 받은 열의 양은 그 각도에 비례한다. 어릴 때 나는 주섬주섬 라디에이터를,

<u>스토브를,</u>

호롱불을,

전기 플러그를,

손전등을 챙기곤 했다.

갑문의 거무스레한 수조를 가로질러 부둣가를 따라 쏟아지는 소나기 두 줄기 사이에서도 간혹 번쩍 불이 튀곤 했다.

식생대 및 그들의 동물상은 산들의 능선을 따른다.

경사각에 따라, 산들은 그것들을 따르고, 그것들 또한 산들을 따른다.

산들은 사면 방향을 따라 전진한다.

가장 키 높은 숲이 어두운 그늘에서 자라는 것도 이러한 이치이다.

제3장

*

 어떤 전기 물고기들은 550볼트까지 전기를 방출한다. 정적 속에 물고기를 싸고 있는 전기장은 **조상의 시선**이다.

*

 물질은, 우주 한가운데서 폭발하는 한편, 방출, 낙하한다. 혜성 혹은 행성처럼. 반복 및 점진적 궤멸은 분산이 적다.
 생물계에서도 출생과 노화는 분리된다.
 인간계에서 성장기와 노화기는 양극처럼 대응하는 듯하지만, 근원적으로는 가령 오르가슴과 단말마가 동일하나 상이한 헐떡임인 것과 마찬가지로 같은 행위이다.
 내가 세계의 기원이라고 보는 이 두 기원은 통시적으로는 대립하지 않는다.
 화산 역시나 분출의 문제이다.
 시간 수평선에서 죽음과 섹스는 양면의 얼굴을 한 야누스이다. 매번 젊어져 인간들 사는 세상에 다시 오는, 그래서 우리가 1월이라 이름 붙인 야누스.
 겨울과 죽음을 억제하고 소제한 해산과 봄은 죽음과 겨울을 더 반짝반짝하는 식으로, 더 흘러넘치는 식으로 새롭게 한다.
 나는 온 강둑에서 죽은 꽃들과 자글자글하게 그 꽃들을 받치고 있던 꽃가지들을 꺾었다.

꽃잎들은 쌓이고 늘어난다. 꽃잎들은 펴지고 벌어지고 물든다.

고대 일본의 사색가들은 시간이 흐름에 따라, 죽은 자들이 늘어남에 따라, 생명의 수가 증가함에 따라, 시간이 축적되고 부화함에 따라 개화한 봄은 점점 더 새로워지고, 그 새로움은 점점 더 진해진다고 생각했다.

*

욕망은 자기에서 나오게 한다. 공간 이편에서 나오게 한다. 암수 구별된 생체는 **상동성** *idem*에서 나온다.

시간의 두 조각은 돌연 서로 황홀해지며 편극(偏極)된다.

이 두 경우, 편극성은 축이 형성되는 지점에서 특히 강하다. 이 축과 이 긴장성이 향방의 정도를 결정한다. 욕망은 증가하다 돌연한 상호성으로 시간의 벽에 부딪히는가 싶게 부서진다(시간 자체는 비가역적인데, 갑작스레 내부에 가역성이 생김으로써 제 안에서 부서지는 것이다).

양극은 이토록 기이하게 팽창한다.

이것이 **성교** *co-ire*다.

*Ire*는 라틴어로 '가다'라는 뜻이다. 성교(性交)는 한순간 함께 헤매는 일이다.

한순간의 동반자.

한순간의 아찔한 동반자. 녹아 퍼지는 순간, 나른하게 떨어지는 순간, 그들은 속삭인다. 그들의 사지를 죽도록 밀착시켜 두 몸이 더 이상 분간되지 않게 한다.

언어는 두 대화자가 호환 가능한 장소이다. 거기서 상이성은 포기된다. 성적 편극성은 포기된다. 언어는 편극이 감극되는 곳으로, 거기서 양성성은 망각되고 인간들은 서로 호환된다. 언어에서 교환되는 종신적인 **나**라는 주어는 성이 분리되어 있지 않다.

이어 욕망이 다시 태어난다. 시간이 다시 태어난다. 봄이 다시 태어난다. 분리가 다시 태어난다. 차이가 다시 태어난다.

*

모든 고대 사회는 그 이득을 위해 시간적·우주적·동물적·자연적·성적 흐름을 자화(磁化)해야 한다고 믿었다. 과거 유입에서 벗어나기, 그것이 정치경제학이었다. 초기 도시 사회 연구 역사학이 한 일이 다름 아닌 이것이었다. 초기 문명을 되돌아오게 하려고 귀가 솔깃한, 신비하고 망상적인, 지독하게 퇴행적인 수사(修辭)를 쓰며 최초를, 봄을, 탄생을 인질로 삼았다.

그 근원부터 역사는 **시간의 상소인**(上訴人)이었다.

*

제3장

 '지상에 돌아온' 것 같은 그 독특한 기분은, 무릇 생명체가 탄생한다는 것은 다른 세계로 오기 위해 한 세계를 떠나는 것이기에, 이 탄생이라는 제1경험이 재생되어 그러는 것이라고 보면 된다.

시간 근원에서의 이 새로운 이완은 언어에서 비롯된 것이다. 주어진 것은 다 찢어서 구분시키고, 항 대 항으로 양립시킨다. 한쪽을 잃어버린 것으로, 그래서 원하는 것으로, 보고픈 것으로, 굶주린 것으로 환각시키는 언어 탓이다.

이 궁극적 차이가 언어의 결과물이다. 개별적 죽음(다시 말해 명명된 죽음. 명명된 개별자가 없으면 개별적 죽음도 없다. 다른 개별자의 고유명사와는 다른 고유명사를 씀으로써만 각자의 정체가 구분되기 때문이다)이 인간 경험 속에 끌어들인 것이 바로 이 차이다. 태양광 속에 흑점이 있다. 그 소멸 너머의 영혼 속에 더 이상 명명되지 않는 세계. 작은 심연.

제4장

:

도 - 솔

오비디우스는 여자의 오르가슴을 이렇게 묘사했다. 절정을 느끼는 여자의 눈은 **맑은 물에 반사되는 태양 빛처럼 반짝인다.**

먹먹한 물기의 광채 위로 돌연 탄식이 새어나온다.

이어 속삭임.

이어 신음.

황홀경(悅惚境)을 **수면**의 반사광처럼 표현했다.

눈에 보이지 않는 가녀린 섬광. 쾌감을 느끼는 여자의 눈 표면에 살랑거리는 그 조용한 진동.

오비디우스의 성찰은 스피노자의 그것에 가깝다. 스피노자는 성적 쾌감은 직접적인 쾌감이 아니라 반경이 넓은 반사광 같은 쾌감이라고 했다. 존재론적 쾌감. 화산 같은 쾌감. 무엇에서 무엇에 이르는 쾌감. **도**ut**에서 솔**sol. 태양광선이 퍼지듯. 음악가들이 사념하는 것도 이런 식이다. 태양광선과도 같은 쾌감. 자연적·동물적 성의 발명 그 이전으로 거슬러 올라가는 태곳적 쾌감. 지구가 마음껏 길어다 썼고, 생명체가 마음껏 길어다 썼던 태양의 그 확장성 쾌감. 우리는 그 한 줄기 반사광에 불과한. 더 깊고 짙

제4장

은 물 위에서 살짝 흔들리는 반사광. 심연의, 저 먼 옛날의, 여린, 결코 언어가 아닌 무언의, 침묵의 반사광.

제5장

:

순간 숨이 멎었다. 내 뒤에서 마르트 이야기를 하고 있었다.

나는 돌아보지 않으려고 애썼다. 미동도 하지 않았다. 짐짓 딴데 가 있는 사람처럼 보였지만, 나는 내 등 뒤에서 들리는 이야기를 미친 듯이 하나도 빼놓지 않고 듣고 있었다.

한때 사랑했던 사람의 이야기가 나오는 순간 언어에는 어떤 공포스러운 것이 남는다. 귀는 갑자기 예민한 청력을 되찾는다. 동물적 주의력이 되살아난다. 몸 전체가 긴장한다.

목소리도 몸 저 바닥에서부터 어린 시절의 일부를 되찾아 높아진다.

통제가 안 된다.

별일 아닌 것처럼 말을 돌려 아무것이나 물어보지만, 한때 사랑했던 사람에 관한 것이라 말에 불안한 기운이 역력하다.

목소리가 낮아진다.

숨이 갈라진다.

어떤 느리고 육중한 것이 말을 가로막는다. 그것은 환기 가운데 가장 세밀하고 정확한 것이다. 더 이상 은밀한 관계가 아니고,

인연이 다했고, 절연 혹은 사별 후 몇 달 혹은 몇 년 동안 모르고 지내왔건만 그토록 강하게 끌렸던 것의 흔적은 영원히 지워지지 않는다.

흘러 결국 상실한 시간에도 우리 안에 고스란히 남아 있는 관심의 영역, 동물적 본성의 영역, 발가벗겨진 영역, 은밀한 영역, 소유욕의 영역을 언어가 슬쩍 건드린다.

듣고 싶어 찾는 단어들이 깨우는 이 틈 혹은 이 심연, 병적 호기심란 이런 것이다.

언제까지나 아픈.

언제까지나 아프다. 왜냐하면 본능적으로, 불가항력적으로, 전부를 줌으로써 뿌리째 상처 입었으므로.

죽어가는, 죽어서야 끝나는 병. 왜냐하면 두려움, 환각, 초라함, 수치심에 이르기까지 그 모든 것을 주었으므로.

*

광풍에, 모든 무분별에 완전히 열려 있는, 제 뒤로까지도 막막하게 펼쳐진, 귀를 막은 척하고 있으나 수선대는, 소리치는 **격정의 광야**.

이런 것이 의도적이지 않은 주의력이다.

질투를 잠재울 길이 없다. 몸에서 떠나보냈건만 몸을 위해 간직하고 있는 것이므로.

제5장

창백한 공기 속을, 산사나무 덤불 속을 전진하며 헤매는 기사도의 긴장감이 수반하는 이 놀라운 침착성을 아무도 뒤흔들지 못한다.

이것이 도저히 지워지지 않는 것에 긴장함이다. 나는 『뷔르템베르크의 살롱 Le Salon du Wurtemberg』[1]에서 마르트에 대해 썼다. 1977년 나는 그녀를 몹시 사랑했다.

---

[1] 『뷔르템베르크의 살롱』은 키냐르가 1986년 발표한 자전적 소설이다. 소설 속 화자인 음악가 샤를 슈노뉴의 삶의 여정이 그가 살았던 장소와 공간을 따라 이야기된다. 특히 어린 시절 살았던 뷔르템베르크 근역의 베르그하임은 그의 안식처이자 피난처이다. 유년의 공간을 다시 찾은 화자는 음악에서 글쓰기로 삶을 전환하며 작가가 된다. 베르그하임은 행복했던 유년 시절의 기억만을 불러일으키지 않는다. 모든 절연의 실체를 직시해야 하는 우울한 기억이 맴도는 곳이다. 잃어버린 시간을 되찾는 것이 아니라, 잃어버린 시간을 인식한다. 그리하여 평단은 이 소설을 반(反)프루스트적인 소설, 반(反)전기적인 전기라고도 했다.

제6장

:

 또다시 뷔르템베르크의 풍경은 장관이었다. 눈은 내리지 않았다. 하늘은 희었다. 흰 언덕, 흰 나무.

제7장
:
계절과 문장

처음부터 배경과 인물이 함께 튀어나온다.

그리고 양극처럼 대립된다.

능동적 포식에서, 가령 육식류의 도약처럼, 먹이를 향해 달려들었다가—투사(投射)에서 모든 존재는 자신의 상대극에 투사된다—서서히 떨어져 나오는 이 느닷없는, 감탄스러운 육체는 바탕에서 그런 식으로 떨어져 나온다.

추격은 예술의 바탕이다.

주시는 관조의 바탕이다.

허기는 욕망의 바탕이다.

육식은 감탄의 바탕이다.

*

시간은 일단 포식처럼 파악된다. 존재가 그 먹이.

역사의 기원. 일주야 주기성이 계절 주기성으로 서서히 고양되어서이다.

제7장

규칙성이란 제 옆에 제가 있음으로 해서 전체 리듬을 잡는 것이다.

현존présence이라는 단어는 라틴어로 근접을 뜻하기도 한다. 집단 내 개체들의 근접 시기를 축제라 부른다. 집단은 낮과 밤으로 찢어진 부분을 다시 하지와 동지로 찢음으로써, 우주적이고 연례적이며 공동체적인 여행에 각 역할을 분배한다. 이완된 부분을 더욱 찢어 확장하는 것이다.

*

포토포르photophore[1])에는 빛이 들어 있고, 도리포르doryphore[2])에는 창이 들어 있고, 에고포르egophore[3])에는 나ego가 들어 있다.

연사들이 더 신념을 갖고, 더 명확성을 바라고, 용기를 찾느라 자기 외침의 밑바닥에 놓는 작은 단어 나 *je/ego*.

언어적 문장에서 '나'라는 작은 단어가 발신자와 수신자 간의 상호성을 만든다.

---

1) 일체의 발광체.
2) 감자 잎을 공격하는 감자 벌레. dory는 창(創)이라는 뜻.
3) 화자가 말하는 주체인 자신ego을 드러내거나 자신에 대해 말하고 있음을 드러내는 일체의 자동 지시 사항들이 포함된 언어 요소. 조금이라도 말을 하게 되면 어찌 됐든 '나'가 '실리게/들어가게phore' 되고, 이것은 자동적으로 '너'를 상정하게 된다. 대화체에서 각자의 '나'의 증여는 각자의 '너'를 야기한다. 증여가 교환을 야기하는 방식은 선물 증여만큼이나 언어에서부터 이미 있다.

제7장

에고포르로 대화체에서 무심코 무의지적인 자연언어[4]가 던져지지만 이 자연언어는 습득 국어(의식적 행위)에 닿았다가 메아리가 되어 다시 자기한테 돌아온다. 에고포르가 매번 서로 주고받아질 때 다시 사회성이 생긴다(다시 말해 상호성, 전쟁, 종교, 욕구).

작은 단어 **나**의 중계를 통해 그들은 상호 무화된다(호환된다).

문장은 당장 한 세계가 되는데, 거기 두 축의 정중앙을 다시 만져주면 성(性)이 변형될 수도 있다.

문장에서는 성적 관계와는 다른 관계가 만들어진다. 성적 관계는 대립되지 않는다. 편극되지 않는다. 구분될 뿐이다. 라틴어 **섹수스**(sexus, 섹스)는 분리라는 뜻이다.

지시체와 지시된 것을 영원히 갈라놓는 언어적 성질은 그리 대립하는 순간 이미 인류와 땅 사이에도 축을 질러놓았다. 언어에서 자연으로 가는 축, 시간성에서 비시간성으로 가는 축, 비연속에서 연속으로 가는 축, 주체에서 자체로 가는 축, 가시적 지평선에서 보이지 않는 원천으로 가는 축.

---

4) 자연언어는 언어철학 분야에서는 오랜 세월을 통해 서서히 형성된 언어를 뜻하는데, 그 언어의 기원은 대부분 항상 불분명하며, 비교 언어학을 통해 다소 그 자취를 되짚을 수는 있다. 파스칼 키냐르는 자연언어를 사회성을 위해 학습, 습득해야 하는 국어의 반대 개념으로 쓰고 있으나, 그가 글 이곳저곳에서 환기하고 탐색하는 자연언어의 상은 훨씬 넓고 자유롭다. 태생 이전의 모태 속의 생이 있듯, 모국어 이전의 언어화되지 않은 언어, 혹은 언어 이전의 더 근본적인 언어를 탐색할 때 자연언어라는 용어가 사용될 수 있다. 자연언어는 개념이나 정의라기보다 탐색 대상 그 자체이다.

제7장

대화에서 에고포르들은 자기들이 흉내 낸 포식자와 정면대결해야 할 한계선에 와 있다. 시샘 어린 대립의 경계에 와 있거나 말하다 보니, 듣다 보니, 복종하다 보니 생긴 살해 충동의 적대적 경계에 와 있다. 에고포르들의 세계는 심연의 선 가장자리이다.

획득된 상호관계는 어머니와 아들의 관계(제1축)처럼 그 자체로 상호적(혼합적·동시적)이다.

제2축은 아버지와 아들의 관계처럼 비상호적(비동시적, 역사적)이다(상징 구조[5])처럼 결합할 수 없는 두 파편의 비연결성, 과거를 만회할 수 없음, 같은 질료, 같은 형태, 같은 장르, 같은 얼굴, 같은 표현, 같은 관계 속에 들어온 신입자에 대한 무한한 지배 본능).

세계와 의미, 존재와 시간의 대면.

*

인간(개인적 의식 형태의 습득 언어를 내면적으로 발화하기 전에 튀어나온 인간)과 함께 튀어나온 시간의 양극은 각 언어 양

---

[5] 상징Sym-bol은 마침내 맞추어진 도기 파편이라는 어원적 뜻을 갖는다. 파스칼 키냐르는 『은밀한 생』(제14장, 밤)에서 "고대 그리스인들이 교환이나 매장시에 깨뜨리곤 하던 도기들, 그들이 그 테두리를 맞출 때면, 깨진 조각들은 서로 맞물려 끼워지는 턱뼈처럼 꼭 들어맞았다. 그들은 그 조각들을 상징들이라고 불렀다. 〔……〕 성을 넘어, 사랑의 시선으로 서로를 응시하는 남녀는 테라코타의 상징들이 그러하듯 서로 맞붙는다고 믿는다"고 쓰고 있다.

식에 따라 언어적 지형을 만들고 모든 사회적 형태 내에서 이 지형을 따른다.

자연언어를 언어로 형태화함으로써 역접성과 양성성을 버리고 인간 사고를 대립으로만 결박하게 되었다.

그리하여 비가역과 반복은 **다름***alter*과 **같음***idem*으로 상극되었다.

인간 사회는 의례화를 통해 이를 더욱 강화했다. 매해 휴무일, 바캉스, 성축일이 돌아온다. 에덴동산의 순환 회귀, 옛날의 순환 회귀, 탄생의 순환 회귀, 탄생 기념일의 순환 회귀, 이것들을 반복하는 입문식의 순환 회귀.

시간이라는 바퀴살로 분할된 원은 우리 머릿속을 떠나지 않는 자궁 속과 대조된다. 볼 수 없는 여기는 우리가 한때 있었던 거기이다. 거기를 통과한 여기. 시간을 집요하게 떠나지 않는 **무**(無)**시간**. 무너져 내리는 모래처럼 모든 정체성을 잃고 마는 침울한 자들을 부르는 여기.

*

기호들은 양극이다. 지구도 자전축에 따르는 양극이 있으며, 자기적 북극이 지리적 북극과 혼용된다. 화산 활동이 이런 자기작용의 능동적 기억인 것처럼 신경성 우울증, **브레이크다운***breakdown*의 심연들은 언어 축을 따라 생긴다.

제7장

*

나는 시간은 3차원이 아니라고 생각한다. 왕복 운동일 뿐이다. 이렇다 할 방향 없는 분열일 뿐이다.

인간에게 원천적 시간성은 두 시간대 사이의 왕복이다. 잃은 것과 곧 올 것.

크로체[6]는 모든 역사는 현재의 역사라고 했다.

과거라는 것을 언어적으로 구축해보아도 과거 속에 유입되어 있는 비가역적이고 비방향적이고 물리적인 태고와 늘 같은 시간대이다.

시사(時事)는 이야기되면 역사가 된다. 잃어버린 곳을 향한다. (갈 방향도 없고 이미 나와 갈 수도 없는 곳을 향한다.) 가령 지난 세기 중엽 구소련에서 과거란 완전 예측 불허였다. 50년 동안 있었던 것이 그 이튿날 바뀌었다.

*

성교는 양극이다. 욕망과 쾌락은 서로끼리는 떨어져 있다. 기다릴 수 없음과 기다려야 함이 남자 안에서, 여자 안에서 마주하

---

[6] Benedetto Croce(1866~1952) : 이탈리아의 철학자, 역사가. 이탈리아 파시즘 시대에 철저한 반파시트 지식인이었다. 크로체는 자신의 철학을 '정신의 철학'이라 부르며, 역사는 '현실'에 대한 철학적 인식에 다름 아니라고 했다.

제7장

고 있다. 이런 것을 가리켜 시간의 **랩**lap이라고 한다. 『성 히에로니무스 성서』[7]는 이 **랩수스**lapsus를 태생적 오류라고 적었다. 음악에서는 이것을 **빈 마디**라고 한다.

태생에 우선하는 교접의 한창 중에 시간 몰이가 있다.

*

사회적 시간은 직선도 곡선도 아니다. 그것은 (1) 성(性)처럼 양극이며, (2) 그것을 가능하게 만드는 언어처럼 대립적이다.

사회적 시간은 경고와 위반을, 조용과 소란을, 개인화와 교제를 대립시킨다. 만인이 함께해야 하는 삶 중에 개인의 삶은 규칙적 매듭에 이어지는 무질서한 박자의 끈이다. 무질서, 흥분, 피의 출혈, 환희.

*

---

7) 성 히에로니무스(345?~419?)는 391년 신약성서를 그리스어에서 라틴어로 직접 번역하고, 구약성서의 경우 히브리어 원문에서 라틴어로 직접 번역한다는 원칙을 세우고 그리스어 번역본인 70인역 성서를 배척하는 유대인 랍비들과 토론을 벌이면서 성서를 새로 번역하였다. 라틴어 성서에 '불가타(vulgata, 대중적이라는 뜻)'라는 이름이 붙은 것은 히에로니무스 생존 당시가 아니라 13세기 때였다. 히에로니무스 성서가 그만큼 원문에 충실하고 정확한 번역일 뿐만 아니라 대중이 쉽게 읽을 수 있는 라틴어로 되어 있어서였다.

제7장

언어는 시간들의 선별 기구다. 언어는 선행, 후행, 동행을 나타내는 행위들을 표시한다. 과거, 미래, 현재라고도 한다. 완료, 가까운 임박, 먼 임박이라고도 한다. 이 3분법은 언어 자체에는, 더군다나 자연언어에는 결코 없다. 이 선별 기구가 신화이다. 만일 이 선별이 3이라는 숫자를 거친다면, 그것은 3이라는 시련 단계를 좋아하는 신화 주인공들만큼이나 태생동물계도 그 숫자를 좋아해서다. 그런데 이런 전진 방식이 수반하는 긴박감은 언어만큼이나 시간과 관계가 있다. 2로 통하는 전(前)언어적이고, 포획적인 시간. 시간성[8]은 시간을 표시하는 언어 또는 그 시간성을 탐색하는 신화보다 훨씬 근원적이다. 어린 시절 습득한 이 3분법으로 아이는 미리부터 자르는 습성이 배어 있다. 광적인 나누기 계산, 의례적인 복종, 집착적인 암기. 그러나 이런 형식이 시간에서 도출될 수 없는데, 이런 표시가 언어로 구분될 수 없는데, 언어가 도리어 이런 표시를 생각하게 만들고 제도로까지 만들었으니.

*

미래의 기원은 몽상적 영상이다. 이어 환각적 영상. 이어 상실

---

[8] 시간성temporalité은 시간temps이라는 말과 구분될 필요가 있다. 계측된 시간, 일반적·통속적 시간에 비해 시간에 내재하는 계측할 수 없는 근원적 시간을 뜻한다. 후설 및 하이데거의 현상학에서 특히 발전시킨 개념이다.

제7장

의 슬픔. 세 가지 세계가 있다. 잡아먹는 것, 잡아먹히는 것, 죽음. 시베리아 샤먼의 세계에는 세 영혼의 집이 있다. 옥세르에 카데 루셀*도 세 집이 있다.[9]

---

9) 1792년 가스파르 드 셰뉘가 만든 노래 「카데 루셀Cadet Rousselle」에 나오는 가사다. 카데(남동생, 막내라는 뜻) 루셀은 원래 기욤 루셀이라는 사람으로, 옥세르라는 도시의 집달리다. 원래 미천한 신분이었으나 옥세르에 와서 열여섯 살이나 연상인 잔 세르피에옹과 결혼해 나름 재산이 생기고, 법원의 집달리로 신분 상승한다. 그리고 좀 우스꽝스럽게 생긴 작은 집 하나를 구입하는데, 낡은 현관에 새 발코니를 세운 것이 사람들의 놀림감이 되었는지 이런 노래가 나왔다. 천성이 착하고 쾌활해 주변 사람들이 좋아한 것 같으나 다소 엉뚱하고 지나치게 외향적이었는지, 빅토르 위고만 해도 어떤 시에서 회의에서 두 시간 동안 혼자 떠드는 로베스피에르를 조롱해 이런 노래를 하고 있다. "카데 루셀이 담화를 하네. 길지 않지, 짧지 않지." 노래 「카데 루셀」은 나중에 군가로도 쓰였고, 이 노래를 통해 옥세르의 풍자적 전설이 된 이 인물은 옥세르 축구팀의 마스코트이기도 하다. 「카데 루셀」은 이렇게 시작된다. "카데 루셀은 세 집이 있지. 기둥도 없고, 서까래도 없네. 제비들 사는 집인가? 자네는 카데 루셀을 뭐라 하겠나? 아! 아! 아! 그래, 정말, 카데 루셀은 착한 아이야! [……] 카데 루셀은 세 옷이 있지 [……] 카데 루셀은 세 모자가 있지. [……] 카데 루셀은 세 눈이 있지." 이렇듯 노래는 3이라는 숫자를 줄곧 유희한다.

제8장
:

 동굴 시대가 그 기원인 것을 폐기물이라 부르겠다면, 그 재발도 제거해야 한다고 주장하는 바다. 그렇다면 호색, 수치, 죽음, 성, 불안, 언어, 겁, 음성, 욕구, 영상, 중압, 허기, 쾌락도 추방되어야 한다.

제9장

:

　아우구스투스 황제는 키케로 집정관 시절, 기원전 63년, 로마 책력으로 10월이 되기 아흐레 전, 동이 트기 전, 팔라티노의 **소머리 언덕** *Ad captula Bubula* 촌이라 불리는 동네의 어느 집 지하 창고에서 태어났다. 아직은 약간은 들소였던 소.

　56년 집권 중 44년은 고독한 권좌였다.

　허리춤에는 항상 사냥칼을 지녔다.

　그는 늘 이 말을 그리스어로 되뇌곤 했다. **스페우데 브라데오스** *Speude bradeos*. 천천히 서두르라.

　라틴어로는 **페스티나 렌테** *Festina lente*.

　그의 주화와 활 위에 새겨진 도안은 돌고래-닻이었다.

　인간의 시간을 단 두 단어로 말해버린 **임포시빌리아** *impossibilia*[1] 식의 기가 막힌 속담, 밀면서 되돌아가기, 파도 위를 솟구치면서 바닷속에 처박히기, 단 한 번 일어난 일이면서 반복되는 일, 물

---

1) 중세에 사회질서나 자연법칙을 전도한 세계를 노래하는 문학 양식이 있었는데, 이를 '임포시빌리아(불능)'라 했다.

어뜯으면서morsure 가책remords[2]을 느끼기, 옛날이면서 지금.

수에토니우스는 그리스력에 결정 혹은 일을 돌려보냄을 뜻하는 **아드 칼 그라에카스** *ad Kal. graecas*라는 구문을 첨가했다. 결국 존재하지 않는 그리스력이라는 뜻으로, 이것 역시나 황제 아우구스투스가 고안한 표현이다.

그리하여 그는 앉아 있었다.

황제는 분실물을, 사냥칼 위의 손을 기다리고 있었다.

이어 사냥칼을 닮은 모든 것 위의 손을. **철필***stylus*과 **펜***stylo*도 그러하다.

---

[2] 'remords'는 후회, 회한, 양심의 가책이라는 뜻 이전에 단어 자체로만 보면, 물어뜯어 미안하면서도 다시re 물어뜯는mordre 일이다.

제10장

:

골동품상에 관한 소론

골동품상들을 변호하고 이들을 역사가들과 대비할 필요가 있다.

위장 및 **프로파간다**와는 다른 다양한 일을 하는 일화 수집가들과 그 수확물에 가치를 부여하자는 것이다.

망각에 이를 때까지 반복에 반복을 다하는, 이른바 죽음 속에 있기는 매한가지인데, 이익을 위해 고함을 치고 공포를 조성해 지배체제를 구축하는 국정 운영자보다, 압력단체들로부터 뇌물을 받고 이 수고비 지급자들의 권력의지를 강화해주는 기자보다, 역사를 단순화하고 되는대로 정리하고 국가의 급료를 받는 역사가보다, 이성을, 방향을, 의미를, 가치를 가공하고 국가의 보수를 받는 철학가보다 이 미(美)의 수집가들(보이지 않는 것에 대한 현재적 연민이므로)을 하등 낮게 볼 이유가 없다.

옛것에 대한 찬미가 최근 열풍이라고 한다. 한때의 사례들로써 이를 반박할 수 있다. 옛것에 대한 취향은 인간 사회에서 늘 그렇듯 힘을 과시하는 사치다. 옛 약재, 옛 해골, 옛 포도주, 옛 토템, 옛 필사본, 옛 무기, 옛 유물 들은—전력의 흐름처럼 기원을 안내하는 이런 모든 사물들—지금 있는 것의 그 이전이 있는 것처럼 매번 기원을 다시 안내한다.

이런 사물들에서 숭상받는 것은 기원이다.

로마의 문헌 중에 잡다함에 심취하는 자들인 골동품상들과 그들이 보이는 편집적 광기에 대한 기록이 있다. 옛것이 노후한 것, 불편한 것, 더러운 것, 이교적인 것, 전염되는 것, 버려도 좋은 것, 무시해도 좋은 것으로 통하게 된 것은 기독교라는 종교와 자본주의 산업이 결합하고 나서일 뿐이다.

*

골동품상은 만기품을 싫어한다. 태생 전의 것을 좋아한다. 그 역시나 봄 이전의 것을 잡으려 한다. 그의 단어들이 대기 중에 튀어 오를 때, 그 느낌, 그 의미가 맞아 떨어질 듯 말 듯 하는 순간을, 단어의 비동기화(非同期化, désynchronisation) 순간을 포착하고자 한다.

그 개념 언저리를 꿈꾼다.

그 고유한 존재에 가닿을 수 없음이 그를 강박한다.

나는 미(美)를 탄생에 있어서 그 보이지 않는 것에 대한 연민이라 정의한다. 거대한 2첩(帖). (1) 제1 자궁 세계, (2) 자궁 세계에 앞서는, 그 세계를 활성화하는 성적 세계.

모든 작품은 르네상스Renaissance이다, 재생(再生)이다. 생(生)이 탄생에 선행하므로, 그 생에서 비롯해 탄생이 시작되므로.

제10장

*

양극끼리의 끊임없는 호환. 영웅주의 혹은 고대 일본인들 혹은 고대 로마인들의 자살 취향이 현대에 재귀하는(낭만주의자들, 테러리스트들, 종교인들) 것도 반의적이긴 하지만 이와 같은 이치이다.

가장 청교도적인 기독교 문구가 순간 역전된다.

메멘토 모리(*memento mori*, 죽음을 기억하라)가 **메멘토 비베레**(*memento vivere*, 생을 기억하라)가 된다.

옛이야기에 도사리는 반전은 몽환적 압력 아래 극단까지 밀어붙였다가 돌연 떨어지는 언어의 지경과 다름없다. 르네상스도 이런 방식으로 발기했다. 중세 말 기독교적 신비주의는 극단까지 올라갔다가 돌연 **역방향으로 떨어지며** 해방되었다.

*

우리 안의 진정한 태고는 탄생뿐이다. 탄생에 의해, 탄생에 선행하는 것이 우리 안에서 사라지면서 솟아오른다.

짐승들은 대개 오브제들을 수집한다.

그것은 그들의 둥지이다.

둥지란 탄생의 장소이다.

수집한 오브제들을 쌓아놓지만, 찾고자 하는 유일한 것은 영영 잃었다.

*

땅 밑으로 들어가고 싶은 욕망에 대하여. 심연과 합류하기. 죽기. (아니 땅에 묻히기.)

태생동물에게 땅 밑으로 들어가고 싶은 욕망은 각별히 후회와 연관될 수 있다. 다시 발가벗고 자궁 안 어둠 속으로 들어가 웅크리고 싶은 욕망(어두운, 수호적인 어떤 선재성 뒤에 가서 숨기. 땅속 심연으로, 산속 동굴로 들어가는 기개를 가진 옛사람들은 역시나 우리 자신이기도 했던 옛 태아들이 잠겨 있던 그 어슴푸레한 빛과 합류하고 싶은 욕망을 가졌다).

귀결. 골동품상은 골동품 가판대를 너무 밝게 비추어서는 안 된다.

*

고대 로마에 지천으로 많던 골동품상들은 황금시대 전문가를 자처했다. 후대의 종교적 신앙심이 고대 사회에 대한 숭배를 탄생시켰다. **고고학***archaiologia*의 첫번째 의미는 옛것에서 소재를 취하는 것과 관련된다.

옛날 옛적 **그랬다**.

제10장

주인공들은 옛날과 관련이 있다. 그도 그럴 것이 옛날이 현재를 정초하는 일을 하기 때문이다.

세계의 모든 이야기 주인공들은 도시를, 예술을, 관습을, 언어를, 도구를, 요리를 만든다.

*

주인공들은 골동품을 공급한다.

*

에우크투스 목록.

기원전 에우크투스는 사군토 지방의 옛 식기들을 수집했다.

에우크투스는 라오메돈이 마셨던 찻잔을 보여주었다.

호메로스가 사용했던 등잔불도.

비티아스가 베푼 연회 때 디도가 쓴 검은 신주 잔도.

제11장

:

바로

바로[1]는 기원전 116년에 태어났다. 거의 **아흔 수**를 살다가 기원전 27년 로마에서 눈을 감았다. 동료였던 키케로나 폼페이우스보다 열 살 위였으나 그들보다 더 오래 살았다. 그의 호기심은 지칠 줄 몰랐다. 스틸로[2]가 첫째간다면, 바로는 둘째가는 고고학자였다.

그러니까 골동품상인 셈이었다. 말 그대로 **이전의 것**ante에 사로잡힌 사람이었다.

키케로는 그리스어로 그를 **무시무시한 사람**deinos anèr이라고 했다.

길고, 악착스럽고, 마르고, 거칠고, 성마르고, 소리 지르고, 음울한.

---

1) Marcus Terentius Varro(B.C. 116~B.C. 27) : 로마 내전 때 카이사르에 대적하는 폼페이우스 진영에 참여했지만, 이후 카이사르의 용서를 받아 카이사르와 함께했으며 로마 최초의 공공 도서관 건립 작업에 참여했다. 카이사르 사후에는 정적이었던 마르쿠스 안토니우스가 바로를 무법자라고 비난하며 사회적으로 매장시켰지만, 옥타비아누스(이후 아우구스투스 황제)에 의해 복권되었다. 이후 저술에만 전념하기 위해 모든 정치 활동을 그만둔다.
2) Lucius Aelius Stilo(B.C. 154~B.C. 74) : 로마 문법학자. 바로와 키케로의 스승이었다. 문헌학이라는 학문을 정초한 것으로 알려져 있다.

제11장

*

독서를 화두 삼아 키케로가 말하기를 그것은 유배지의 음식이라고 했다.

바로는 그건 나라〔國〕라고 했다.

*

바로는 또 이렇게 썼다. 읽고 쓰면서 불 쇠를 두드리듯 인생을 연마한다.

*

바로는 두루마리 서책은 그의 생에 **만병통치약** *medicinam perpetuam*을 제공했다고 썼다.

그는 자신의 새장 옆 서재에서 늙어갔다.

*

아우구스투스 시절에도 여전히 살아 있던 그는 거의 유령이었다.

그 호통질에, 그 완고한 성격에, 그 불같은 성미에 다들 치를

제11장

떨면 아우구스투스 황제는 "짐은 바로 옹에 대한 애착 때문에 과거에 대한 애착을 갖고 있소"라고 말하며 바로에 대한 무한한 존경을 표했다고 플리니우스는 전한다.

이 현자는 여든일곱의 나이에도 연보집 네 권을 간행했다.

*

바로는 피타고라스와 그 제자들이 했던 대로 **검은 포플러 나뭇잎으로** 덮은 벽돌 관에 넣어달라고 유언했다.

제12장

:

노스탤지어

노스탤지어 *nostalgia*는 호페르라는 뮐루즈의 의사가 1678년 만들어낸 단어이다. 의사 호페르는 용병 군인들, 특히 스위스 출신 용병들이 앓던 이 병을 정의하기 위해 병명을 찾았다.

이 스위스인들은 보병이건 장교건 전선에 버려지느니 고향의 들판에 가서 죽고 싶어 했다.

그들은 울었다.

어린 시절의 추억을 끊임없이 이야기했다.

목장 개들의 이름을 부르며, 나뭇가지에 목을 매달았다.

의사 호페르는 사전에서 귀환이라는 그리스어 단어를 찾았고, 이어 고통이라는 단어를 찾았다. 그래서 **노스토스** *nostos*와 **알고스** *algos*라는 단어를 합해 노스탤지어라는 말을 만들어냈다.

1678년 이 단어를 지을 때, 바로크 병이라는 세례명도 붙였다.

*

이 한때 *Ce fut*에서 뽑혀 나온 회귀 불능의 고통.

제12장

지켜주던 눈길도 다 빼앗긴 회귀 불능.

옛 언어도 옛 노래도 귓가에 더는 맴돌지 않는. 방정맞고 부산스럽고 방방거리는 **미개한**rudis **동물적**animalis 아동기의 막에서 나와버린. 젖먹이에게 요구되던 매우 희미한 사회적 복종도 이제는 모르겠는.

*

노스탤지어는 태양의 지점(至點)을 환기시키는 인간 시간temps humain[1]의 구조 문제이다.

*

시간 개념의 제1기원은 타원 혹은 원의 모양을 가진 자연을 바라보는 인간의 감각에서 나왔다. 이것이 회귀다. 봄의 재래, 일일 태양의 회귀, 1년 태양의 회귀, 밤하늘 별들의 귀환, 겨울 후 채소들의 귀환, 사냥 후(사냥에 사로잡힌 게 먼저지만) 인간들의, 동물들의 귀환.

생존, 그것은 눈물겨운 봄의 귀환이다.

---

[1] 더 적절한 번역어를 찾지 못하고 인간 시간이라 옮긴다. 시간은 어찌 보면 인간과 무관한 자연의 내재적 본성일 수 있는데, 여기서 인간 시간은 세계의 변화를 시간이라는 개념으로밖에 포착할 수 없는 인간이 지각하는 방식으로서의 시간이다.

제12장

다음 봄에 이르기.

귀환 못해 생기는 병이 최초의 병이다. 옛날 집을, 옛날 얼굴들을 보고 싶으나 귀환할 수 없어 괴로운 영혼, 고통. 오디세우스의 병도 이것이다. 불씨에서 멀어진, 여인네들의 품에서 멀어진 사냥꾼들의 병, 영웅들의 병.

*

태생지에 강하게 끌리는 이 자력, 결국 모든 것이 옛날에 끌리는 듯하다.

비극 시인 에우리피데스가 취한 형식. 단어들을 유희하면서 그것을 부인하고 사유도 그것을 부인한다.

아니, 그것을 부인하는 것은 오히려 그의 몸이다.

지상에 던져진 몸뚱이의 문제가 아니다.

비극은 원조 사유, 즉 뇌가 국어에 정복당하기 **전**에 체험했던 사유로 돌아가라 이른다. 아동의 사유로 되돌아가야 한다. **연속적 욕망**으로 되돌아가야 한다. 연속성이 되는 순간 퇴행성이 된다.

엄마 배 속, 그곳에 대한 아쉬움이다. 지상 위가 아니라.

*

태생 중에 태어나는 것이 사라지니 태어나자마자 초상(初喪)이다.

제12장

하루가 생기자마자 고인다.
하루가 발견되자마자 퇴색된다.

*

피에르 니콜[2]은 말했다. 과거는 일시 지나가는 것들이 엉겨 있는 허방, 바닥없는 심연이다. 미래는 우리가 스며들 수 없는 또 다른 심연이다. 하나가 계속해서 다른 하나로 흘러들어간다. 미래는 현재를 통해 과거로 흘러든다. 우리는 이 두 심연 사이에 놓여 있고, 우리는 그것을 느낀다. 왜냐하면 우리는 과거로 흘러

---

2) Pierre Nicole(1625~1695): 얀세니즘(장세니즘)을 대표하는 주요 작가 중 하나이다. 일명 포르루아얄 운동으로 일컬어지는 얀세니즘은 17~18세기 프랑스 사회의 격렬한 종교, 사상, 정치 논쟁의 핵심 주제이기도 했다. 당시 지나치게 인문화, 속물화된 프랑스의 그리스도교에 맞서 초기 그리스도 교회의 엄격성으로 되돌아갈 것을 부르짖었다. 인간 본성에 대한 깊은 통찰은 언뜻 인간의 자유의지를 부정하는 듯한 비관주의로 오해되어 로마 교황으로부터 이단 선고를 받았다. 이 문화 운동은 베르사유 근처에 있는 여자 수도원(포르루아얄 데샹)에서 시작된 이후 파리에 동명의 지원이 생길 만큼 왕성하였고, 특히 1633년 생실랑이 원장으로 있던 파리 포르루아얄 남자 수도원에 블레즈 파스칼을 비롯한 수많은 지식인들이 모여들어 은둔했다. 신학적인 면에서는 예수회의 자유의지론과 대립하였고, 정치적으로는 프롱드난(亂)과 제휴하여 루이 14세의 절대주의에 항거하였다. 사실 거의 무신론에 가까웠던 당시 얀세니즘은 인간의 이성도, 사랑도 믿지 않았다. 얀세니즘의 정수를 보여주는 파스칼의 『팡세』만 해도 어떤 속물적인 순응과 타협을 거부하고 오로지 고독과 침묵 속에서 떠오르는 그 무엇을 탐색한다. 키냐르는 가족 관계, 직업 활동, 정치적 의무 등을 경멸하며 일체의 속물적 사회관계를 벗어나 극단적 삶을 살았던 얀세니즘의 창시자 생실랑을 비롯한 많은 얀세니스트들(퐁샤토, 블레즈 파스칼, 라로슈푸코 공작, 라파예트 부인, 생트 콜롱브 등)을 작품 곳곳에서 환기한다.

드는 미래의 유입을 느끼기 때문이다. 이 느낌 때문에 현재가 심연 바로 위에 있는 것 같은 것이다.

심연A-byssos은 그리스어로 '바닥없음'이라는 뜻으로, 아오리스트aoriste[3]가 뜻하는 무한과 같다.

시(時)의 무한.

더 구체적으로는 대양의 가장 깊은 곳, **태양 빛이 더 이상 닿지 않는 곳부터**를 심연이라 부른다.

*

충만감의 환각적 회귀, 이것이 첫째 심리 작용이다.

꿈이 이 심리 작용에 앞서는데, 꿈은 무의식의 무질서 속에서 존재들을 환각시킨다. 여기에 육신은 없다.

이렇듯 **노스토스**(귀환)는 영혼의 바다이다.

실향자의 귀향 불능의 아픔(**노스탤지어**)은 언어에 대한 욕구 측면에서 볼 때 생각에서 비롯되는 제1의 결함이다.

자연언어 획득의 문제는 아마도 실향자의 향수병 문제와 비슷한데, 굳이 기다릴 것도 없이 엄마의 양분을 빨아먹었고, 엄마의 억양도 그대로 다 빨아들여 얻은 최초의 음성을, 엄마의 음성을 그대로 엄마의 몸 내실로 돌리지 못한다면 제 내면으로라도 돌려

---

3) 그리스어 시제로 명확한 시점을 밝히지 않는 부정(不定) 과거.

야 하는 문제를 생각해볼 수 있다.

그리하여 무한하고도 닳지 않는 과거를 엄마를 통해, 먼 옛날 들었던 엄마의 음성을 통해 정의해볼 수 있다.

이향(離鄕)의 심연에 상응하는 내 모국어의 단순과거passé simple[4].

*

심연에 상응하는, 아오리스트에 상응하는 무국적(無國籍).

인간계의 무국적은 태생동물이 원(原)세계를 상실함에서 비롯된다. 태어나는 것들은 이제는 되찾을 수 없는, 그 내실에 대한 향수로 숨을 토한다. 태어나는 것들은 원지성(존재성 없는)을 **꿈꿀** 수 있으나 도통 이해할 수 없는 저 먼 음성을 듣던 내부에서, 엄

---

[4] 프랑스어에서 과거를 나타내는 시제의 하나로, 확실하게 이미 완결된 과거의 사건을 표현할 때 쓴다. 복합과거나 반과거에 비해 단순과거는 서술하는 현재 시점과 상당한 거리감이 있다. 서술에 있어 발화자가 시간적으로 혹은 심정적으로 완전히 멀게 느끼는, 혹은 절연·초연했다고 느끼는 과거의 사건을 표현할 때 이 단순과거 시제를 쓴다. 그러나 단순과거는 12세기부터 복합과거에 밀려 쇠락했다. 현대 구어체에서는 거의 쓰지 않을 뿐만 아니라(적지 않은 프랑스인들이 단순과거 동사 변형을 잘못 외워 틀릴 정도로) 문어체에서마저도 잘 쓰지 않는다. 그러나 파스칼 키냐르는 이 단순과거를 극진히 살피고 즐겨 쓴다. 파스칼 키냐르에게 단순과거는 단순한 문법적 시제가 아니라 탐색하는 언어의 근원적 대상이자 옛날jadis, 심연abîme의 메타포이기도 하다. 단순과거는 상기되는 시간성의 형태적 이미지로나 변형된 동사의 음가로나 멀고 낯선, 묘한 태곳적 느낌이 난다. 복합과거, 반과거와는 확실히 다른 단순과거의 어감을 '~했다'로 대표되는 우리말 과거 시제로밖에 표현할 수 없음이 아쉽다.

마 배 속이라는 은신처에서 이미 산 다음 떨어지게 되는 **지상으로부터는** 결코 그 원지성이 생기지 않을 것이다. 조국이라는 개념은 후대에 나온 것이다(인류사 9만 년 동안 인류는 정주성 개념을 버렸고, 이 개념 역시 도시 형태마냥 무덤들을 쌓아 올린 조상들을 모방해 후대에야 만들어진 것이다).

우리는 수억 년 동안, 농부들처럼 땅을 파기 전에는, 아버지를 묻은 다음 매장된 아버지를 거기서 보기 전에는 추격자이며 방랑자였다.

*

그리스어로 **노에시스** noèsis와 **노스토스** nostos는 어원이 같다. 노에시스, 생각하다, 인식하다. 그것은 '아쉬워하다'이다. 아쉬워하다, 그것은 눈앞에 없는 것을 보고자 하는 것이다. 없는 것을 환각으로 보는 굶주림이다. 잃은 아내 얼굴을 보는 것은 홀아비이다. 태양을 기다리는 것은 추운 것들이다. 생각하다, 갈망하다, 꿈꾸다 같은 것의 근저에는 멎지 않고 오는 것, 대림(待臨) 그 한가운데 오는 것, 추억(sous-venir, 아래서 오다)마냥 완강하게 끊임없이 밑에서 흐르듯 오는 것이 있다. 이것들은 태고에서 온다. 잃은 것과 옛날은 근척지간이다. 세계 최초의 설화 주인공인 길가메시 왕[5]은 위험이 임박했는데 무엇을 해야 할지 모른다. 위험한 상황을 벗어나기 위한 계략을, 지략을 찾아내야 해 엔키두에게

제12장

말한다. 엔키두는 도달할 목표를 보여줄——어떻게 도달할 것인가 하는——꿈을 꾸기 위해 잠을 청하겠다 하고, 그것을 곧 그에게 언어 형태로 말해주겠다고 한다.

*

어떤 혼생(魂生)도 다른 전생의 도움 없이는 태어날 수 없다. 전생의 조상은 그 왕림 전에 신래자(新來者)를 위해 자기 것에 비견될 만한 혼생을 꿈꾼다. 이리하여 옛날에서 올라온 옛 신래자가 있게 된다.

*

이런 것이 옛날이다. 우리가 잊은 것은 우리를 잊지 않는다. 태어난 아기들은 벌써 이주했다.

---

5) Gilgamesh: 고대 메소포타미아 지방에 전해지는 서사 설화의 주인공. B.C. 2650년 무렵 존재했던 우룩이라는 도시의 왕이었을 수도 있다. 고대 수메르 신화 몇 편에는 하계의 신으로도 등장한다. 대부분의 설화는 그의 영웅적 무훈 이야기이다. 그러나 이런 초인적인 무훈에도 불구하고 죽음만은 피할 수 없다는 두려움에 길가메시는 자신의 사후를 보고 싶어 엔키두를 그곳에 보낸다.

제13장

:

 그는 노인 역을 좋아했다. 그는 유령들을 흉내 내는 것을 좋아했다. 극에는 항시 혼령 역이 있거니와, 극단의 배우들은 이렇게 말하곤 했다.

 "셰익스피어를 위해서죠."

제14장
:
도

폴이라는 카생 산(山)의 한 수사가 성가를 불러야 할 날에 그만 목이 쉬었다. 그래서 무릎을 꿇으려 하자, 성 세례 요한은 **도**ut를 고안해도 좋다고 했다.

그의 입술이 벌어졌다.

그의 음은 올라가는 것 같으나 올라간다고는 할 수 없는, 차라리 한숨이자 흐느낌이었다.

신도들은 저 다른 세계에서 올라온 듯한 낮은 소리를 들으며 울기 시작했다.

*

미사 후 폴 수사는 세례 요한에게 감사의 기도를 올렸다.

그러나 제9미사 때 그가 언급한 것은 세례 요한이 아니었다.

그가 기도를 올린 분은 성 자카리아였다. 변성기를 막 지난 소년들이 제 잃어버린 목소리를 위해 기도드리는 성인이 성 자카리아였다. 한데 폴 수사에게서 나온 소리는 더 어두웠다. 직업 가

수들은 모두 성 자카리아를 수호성인으로 기린다.

지금도 연주회를 위해 목소리를 점검할 때 자카리아 조각상 옆에서 양초에 불을 붙인다.

제15장
:

아버지가 생각난다. 우리는 베르그하임[1]에 살았다. 아버지는 파이프오르간 연주자셨다. 밤에 우리는 약스트 강[2] 혹은 아브르 강[3]의 명경(明鏡)에서 고기를 낚았다. 언덕 아래 흘렀던 강의 이름은 정확히 기억나지 않는다. 언덕을 그린다. 그러니 기억이 기슭을 떠난다. 파수꾼은 강기슭에 조각배를 갖다놓았다. 뱃머리에는 초롱불이 걸려 있었다(나중에 풍로가 이 초롱불을 대체한다). 뉘른베르크에서 제조된 초롱불, 그 위에 달린 둥근 납거울이 강물 깊은 곳을 비추었다. 이러한 낚시는 경이로웠다. 나는 등나무 조각배 속에서 안절부절못하고 발을 굴렸다. 성당 누대 파이프오르간 풀무 뒤에서 발을 동동 구르는 것마냥. 그 풀무 위를 게슈이히 씨[4]는 신과 그의 밤을 향하여 소리를 키우며 느리게 걸었다.

---

1) Bergheim: 프랑스 알자스 지방의 한 작은 마을. 키냐르의 친가는 바르비에르, 뷔르템베르크, 베르그하임, 앙주, 베르사유, 미국 등에서 연주 활동을 해온 파이프오르간 연주가(아버지의 뒤를 이어 키냐르까지 3백 년 동안 대대로 물려받은) 집안이다.
2) Jakst: 독일 바덴 뷔르템베르크 북부 네카르 강의 지류.
3) Avre: 프랑스 외르 강의 왼쪽 지류.
4) 키냐르의 소설 『뷔르템베르크의 살롱』에 등장한다.

제16장

:

 나는 밤을 인간들에게 오기 전 사라진, 공간에서 소모된 빛이라 부른다.

 밤하늘은 어둡고 어둡다.

 만일 일몰에도 우주가 영원하다면, 헤아릴 수 없는 수십억의 별들이 사는 하늘은 그 어마한 천궁의 면모를 보여줄 터이고, 척추동물과 새들은 눈부셔할 것이다.

 밤하늘은 **시간의 탓으로** 어둡다.

 천공의 첫 별들이 형성된 이래 빛이 그 별들을 바라보는 동물들의 눈에까지 도달하는 시간은 느리고 느리다.

 암흑은 이 우주 공간의 느림이다(빛나지 않을 느림, 아니 퍼지는 광막함을 모두 감지하는 느림).

 느림은 공간이다.

 성서도 정확히 암흑을 **시간의 진행성 소멸**이라 했다. 시선이 가지도 못할 먼 곳에서부터 출발해 길을 달려오는 소멸의 빛.

 무한한 빛에 다름없는 밤. 종결 속도로 우주 공간에 퍼진 빛은 영원히 접근할 수 없다.

제16장

단순과거의 **경계** *Limes*.

이런 것이 하늘의 **검은 밤**이다.

하늘은 접근할 수 없는 빛에 잠긴다. 이것이 우리의 검은 동반자다. 우리 동반자는 여리게 빛난다.

제17장

쓴맛

　성적 쾌감 속에서는 행복해지고 싶은 욕구가 사라진다. 욕망에 전신을 맡기면 맡길수록 행복은 거의 다 와 있다. 오는 길목을 살핀다. 모든 오차는 바로 이 점에 달려 있다. 그 만남을 기다린다. 그것을 예감한다. 언뜻 보이는 것도 같다. 아직 더 기다린다. 다가간다. 온다. 오면서 파괴된다.

　금욕을 결심하는 이유를 이런 선상에서 이해해볼 수 있다.

　두 가지다. (1) 욕망은 이제 손을 들어 올려도 좋다고 믿는 방금 끝난 성교의 희열보다는 잃어버린 것에 더 가깝다. (2) 쾌감을 느끼며 욕망을 잃는다. 상황 종료물로서의 이 썩 유쾌하지 않은 상실감이 성적 쾌감의 정의에 다름 아니다.

＊

　쾌락, 그것은 몸에서 상실된 욕망을, 일종의 부기 가라앉음을, 비흥분성을, 권태를, 나른함을, 우울을, 피로를, 졸음을 황망하게 발견하는 일이다.

제17장

 욕망은 행복이라는 청교도 개념과는 정반대다. 지속적 욕망은 불안이 뒤섞인 흥분이다. 진정한 욕망은 만족과 소화(消火)를 원치 않는다. 그것은 비등과 혼란이다. 그것은 평화로움보다는 허기에 찬 집요함에 더 가깝다. 거기서 출발해 그 모든 것이 그것을 자극하고 흥분시킨다. 거기서 출발해 모든 것은 휴식을 잃는다. 그것이 만지는 것을 열이 나게 하고 생명수를 주며 그 대상들을 격하게 하고 특히 결코 오지 않을 미래를 부풀린다.

*

 집착력은 갑자기 어떤 다른 상황도 무시하게 만든다. 망상이 영혼을 어지럽힌다. 몸이 긴장한다, 무엇인지 모르는, 절대 오지도 않는 것 때문에.

*

 행복한 자, 희망은 그를 떠나고, 그의 삶은 거의 죽은 것이 되고, 욕망은 상실되고, 그는 그것을 꿈조차 꾸지 않으며 밤 속으로 떠난다. 꿈을 꾸기 위해 아주 깊이 잠이 든다.

제18장
:

버리면 홀가분하다.
버리는 것은 떠나는 것.
항상 떠나야 한다.
즐거운 일은 이것이다. 나, 떠난다!

제19장

:

　인생의 어떤 순간들이 뇌우처럼 우리에게 박힌다. 평원을, 잡풀 무성한 벌판을 숨이 터지라 달린다. 모든 것에서 멀리 와 있다. 지평선에는 잡목도 없다. 들 옆에는 흐르는 도랑도 없다. 튀어나온 절벽도, 지붕으로 쓰일 만한 버려진 차체도 없다. 구름들이 갖은 형세로 지나간다. 그것들은 검다. 무연탄 포탄만큼이나 진하게 검다. 구름들이 빛난다. 나무들을 건든다. 별안간 우박들이 떨어진다. 하늘에서 떨어진 작은 돌들이 튀기 시작한다. 달린다. 하늘에게 돌을 얻어맞는다. 이유 없이 뛴다. 팔로, 손으로 머리를 싼다. 비가 옷들을 후빈다. 어떻게도 못한다는 것을 안다. 가만있으면 덜 젖는다는 것을 안다. 그대로 꼼짝 않거나 무릎을 꿇거나 등을 펴고 그냥 젖게 놔두는 수밖에 없다는 것을 안다. 그러나 그럴 수 없다. 우박을 피할 수 있기라도 할 것처럼, 빗줄기 사이를 지나갈 수 있기라도 할 것처럼, 저만 예외로 고통을 면하게 해주십사, 신의 관심을, 영생하는 주님의 관심을 끌 수 있기라도 할 것처럼 이리저리 뛴다. 1987년 서울, 김포 공항에 나는 도착했다. 몸이 긴 유럽 여인이 나를 마중 나왔다. 긴 금발 머리였다. 이탈리아 여자였다. 눈빛에는 알 수 없는 열이 가득했다. 부산에 가야만 해서 나올 수 없게 된 남편에 대해 그녀는 사과했다. 우리는 차에 올라탔다. 어느 건물 8층 전통 식당에서 바닥에 앉아 저녁을 들었다. 입구에서 우리는 신발을 벗었다. 그녀의 발은 젖어 있었다. 우리는 술을 마셨다. 나는 스타킹 속의, 딱 달라붙어 서로 분간이 안 되는 그녀의 발가락을 조용히 보고 있었다. 그녀의 무릎 위의 치마는 거울 빛이 반사되듯 번들거렸다. 나는 손을 뻗어 그녀의 치마 위에 내 손을 올려놓았다. 그녀는 계속해서 말을 했다. 나는 그녀의 치마 속으로 내 손을 집어넣었다. 그녀는 계속해서 말을 했다. 내 손은 떨리기 시작했다. 그때 불쑥, 재빨리, 그녀가 그녀의 손바닥을 내 성기에 대었고, 그녀의 손은 잠시 혼절했다. 우리는 계속해서 말을 했다. 그러나 우리의 손과 눈빛은 더 이상 우리의 말을 듣지 않고 다른 생을 좇고 있었다. 우리는 갔다. 어딘지 모르는 곳으로. 그녀의 향기는 어지러웠다. 그녀의 몸은 길었다. 젖가슴은 무거웠다. 눈은 검었다. 우리는 사랑을 나누었다. 나는 잠이 들었다.

깨어났을 때, 그녀는 완전히 다른 사람이었다. 투피스를 다 입고 화장한 얼굴로 침대 가장자리에 앉아 있었다. 그녀가 나를 흔들었다. 아직 밤이었다.

"잘 있어요!"

나는 그녀를 바라보았다. 고통스러웠다. 다시 나는 뇌우 속에 있었다. 이것이 나의 생(生)이다. 그녀는 아무렇지 않게 사라지는

제19장

법을 알고 있었다. 나는 택시 기사에게 편집자가 내 이름으로 예약해둔 방의 호텔 주소를 주었다. 나는 일했다. 서울 근교에서, 황해 바닷가에서 한 달을 머물렀다. 나는 소론들을, 일종의 잡문들을 썼다. 다음 연례 정기 회의가 핀란드에서 있었을 때, 나는 그녀를 라히티에서 다시 보았다. 그녀는 빨간 머리의 한 젊은 여자와 같이 있었다.

제20장

:

하계(下界)의 왕 보드마구는 방황하는 기사들에 대해 그들은 **심연 속에 침몰당한 듯** 탐색에서 모두 헤매었다고 말한다.

우리 고어에서 시간은 인간을 의미하고, 세기는 세계를 의미하고 있음을 본다. 페르스발은 점점 더 두터워지는 암흑에 휩싸여 천천히 성반(聖盤)에 앉는다. 바로 이 부분[1]이다. 그가 앉자 그 아래 돌이 갈라졌고, 그는 마치 **세기가 심연에 세워졌을** 당시 거기 있던 모든 사람들에게 외치듯 너무 고통스럽게 소리 질렀다.

우리가 보기에 무너지는 것은 땅이나, 정녕 그럴 만한 것은 소설의 글이다. 무너지는 땅에서조차 절벽의 벽면처럼 무형의 영원 속으로 무너져 내리는 것은 시간이다.

---

1) 성배와 성반을 찾아 나서는 원탁의 기사 이야기에 나오는 한 장면이다. 용사 란슬롯과 펠레스 왕의 딸 엘레인의 아들 갤러하드는 성반을 찾아 떠난다. 여기에 페르스발이 동행한다.

제21장
:
죽은 시간에 대하여

　무반응의 시간을 주기라 하는데, 이 기간 유성 생식하는 수컷들은 정자를 방출한 후에 일체의 접근이나 흥분에 성적으로 반응하기를 멈춘다.
　성적 무반응 기간은 사회적 죽음의 기간이다.

*

　죽은 시간들의 목록.
　전쟁 다음 날 혼령들의 시간.
　하루의 끝, 자연을 지배하는 침묵의 시간. 새들이 제 그림자를 데리고 소리를 떠난다.
　포유동물의 교미, 그에 이어지는 시간.
　연속적인 혹은 부득이한 심장 박동의 증가와 헐떡임 그 이후의 휴지(休止).
　앉은 자세의 발명, 인간들을 위한 좌석이라는 정말 기이한 발명, 독서의 발명.

제21장

*

중세 기독교적 종말론과 대립하는 이교적 과거를 환원하려 애쓴 이탈리아와 프랑스 르네상스는 시간을 신의 권위로부터 앗아 왔다.

양 자기극은 서로 전도된다. 전도는 대표적 신비술이다. 이것이 **성찰** *réflexion*이다. 세기가 낙원이 되었다. 점진적 사랑. 영원, 죽은 시간.

이데올로기를 만드는 자들, 백과사전파들, 파리 혁명가들 및 제2제정 때의 산업가들만이 북극과 남극을 완전 뒤집었다.

그러나 시간의 자기극이 돌연 뒤집어진 것은 르네상스 때였다.

*

시간과 관련한 두 광기. 노스탤지어(우울, 상실감의 비통), 종말론(진보, 마지막 심판). 전(前)과 후(後)는 통과와 도래를 과장한 상에 불과하다.

*

우상 숭상, 신 숭상, 언어 숭상, 애국주의는 반(反)르네상스다. 새로 계시된 종교는 과거의 모든 신들을 돌연 강등시키며 파괴하고자 한다. 예언의 신들이 동요할 때, 그 약속들이 더 이상 신뢰되지 않을 때 국가가 미래의 위치에 선 종교가 되었다.

국가는 곧 진보병에 시달리는 종교다.

형제애, 매장, 국가, 병역 등의 이상을 위하여 천상의 도시 한가운데서 또 다른 삶의 욕망들을 포기하라며 교회독립주의를 대신해 애국주의가 출현했다. 영원한 천국을 부르짖는 기독교인들의 신앙을 대신해 선친들의 땅을 성역화해야 한다는 주장이 제기되었다.

달리 말하면 종교는 과거의 국가들이라고 정의해도 좋다.

진보가 미래처럼 정의되나, 진보는 즉각적 완결로 끝나버리는 정복전이다. 진보는 과거를 죽이느라, 그 얼굴을 떨쳐내느라, 아니 그 얼굴을 잡아먹느라 혈안이 되어 있다. 무한은 **전진** *progressio* 하며 인간적 얼굴을 버린다. 유한을 파괴하며 현재 위를 한 발 한 발 진보한다.

지난 세기 전쟁을 고안한 세계 산업화. 그 죽음의 세계, 산업화는 지상의 진보를 대표하는 얼굴이 되었다.

실은, 폐허로 한 발 한 발.

대림이 있을지어다. 불탄 인간 냄새를 피우며.

*

20세기에 과학은 이 세계의 종말을 인식하라 경고했다. 인류의 모든 재산이, 세계 문화의 모든 순간들이, 모든 책들이, 인간 종의 모든 추억들이 깡그리 삼켜질 것이라고 했다.

땅은 불탈 것이다.

태양은 소진될 것이다.

종의 진화 역사상 처음으로 파멸을 확신하기에 이르렀고, 모든 인류 기념물의 말소, 모든 인간 작품의 소멸, 모든 인간 가치의 무효를 참작하게 되었다.

시간이 역사에 뒤이어 나온 것이라는 확신을 갖게 된 것은 이번이 처음이었다.

이 육신과 재산의 침몰이 우리 종의 근원적인 것이자, 우리 종을 정의하는 매장, 제습, 음복, 묘비 등의 모든 장례 의식을 헛된 것으로 만들었다.

역사 시간, 선사 시간, 지상 시간, 생명 기간의 연장인 동시에 인간 경험의 불안정성, 분산성, 일시성, 우연성.

인류는 제 한 몸 맡길 데가 어디에도 없다.

땅도 아니고(소멸할 테니까).

태양계도 아니다(비등할 테니까).

*

처음으로 미래관은 땅의 존재를 다가올 무(無)라 생각하게 되었다.

제21장

*

1939년 9월 3일 11시에 시작되어 1945년 9월 2일 새벽에 끝난 전쟁은 시간을 단절시켰다. 오늘을 일구어낸 자들은 서구 역사상 처음으로 치유할 수 없는 단절을 체험하였다.

인류애는 상실되었다.

조국은 상실되었다.

종교는 상실되었다.

전통은 상실되었다.

그런데 이 절대 상실 지경이 기회를 주었다. 예술의 근본 바탕도 어두움, 상실이다.

먼 상류에서 들리는 흐느낌, 방황.

찾고 찾으니 찾아진, 조금, 잠시 흔들리며, 믿기지도 않게 다시 태어난 저 빛의 근원.

인간의 시간은 그 태곳적 무미(無味)를, 자유를, 풍요를, 야생을 회복했다.

*

모던한 것들에서 감극된, 탈의례화된 이 믿기지 않는 시간.

왕부지[1]는 이렇게 썼다. 인간을 제외한 세상의 모든 것들은 상호 원조에 동참한다.

제21장

귀가 눈을 돕듯 천둥이 벼락을 돕는다. 계절이 돌아오라고 밤은 낮을 돕는다. 암컷은 정자를 분출하라고 수컷을 돕는다. 생명이 그 부피를 늘리고 공간을 점하라고 성교는 번식을 돕는다. 온갖 과일과 온갖 동물 들, 세계의 기원 이후 수태된 그 모든 존재들로 땅이 번잡해지지 말라고 죽음이 생을 돕는다.

왕부지는 말한다. 하지만 아내와 남편은 아니다. 아들과 아버지는 아니다. 제자와 스승은 아니다. 노예와 주인은 아니다.

*

역마살 *Wanderlust*. 다른 곳으로! 이런 것이 여행의 욕망이다. **같은 것에서 도망쳐 다른 것을 찾기**, 잃어버린 것을 되찾기. 단어가 무슨 상관이랴, 동사의 진행 방향이 무슨 상관이랴.

*

폭발은 충동이다.

지구 핵이 압력을 받아 화산이 분출한다(나는 이 지구 핵을 태고라 부른다). 저수조 같은 자기실(磁氣室)이 부풀기 시작하면 그 경계벽이 힘을 잃는다. 갑작스러운 압력의 저하로 가스와 용액의

---

1) 王夫之(1619~1692): 노장사상과 불교인식론을 비판적으로 수용하고 기독교와 유럽의 근대과학까지 섭렵한 명말 청초의 사상가. 『독통감론』 『황서』 등의 저서가 있다.

제21장

혼합물이 꼭대기까지 치솟는다. 분출과 함께 자기실에 여유 공간이 생긴다. 혼합물로 뒤섞인 새 마그마들이 다시 올라온다. 탄소와 물, 유황의 기화 물질이 계속해서 생긴다.

*

  같은 방식으로 상상의 이야기를 읽는다. 멀리 떨어진 섬, 거기 한동안 살다 돌아온 사람의 이야기를 주의 깊게 듣는다. 시든 얼굴, 초췌한 몸, 뭔가 익숙지 않은 다소 헤매는 소리, 침묵이 섞인 이상야릇한 언어, 다소 동떨어진 것 같은 소리로 우리는 절대 갈 수 없는, 그 나라에서 통용되는 습성과 생경함을 이야기한다.

  죽음이라는 명사보다 더 이해할 수 없는 단 하나의 명사, 나라〔國〕.

  이것은 이야기라기보다 물리적 실재이다. 시간과 공간 사이의 한정 없는 거리, 우리를 갈라놓는 '대양,' 테두리가 없어 우리는 그 외양을 볼 수 없는 거기, 해안가에 영영 우리를 버리고 가버린 '심연,' 그러니 우리가 그토록 사랑한 것이다. 우리가 읽으며 느끼려고 찾는 것이 바로 '이 채워질 희망 없는 거리'이다. 우리가 알았던 것과 우리가 느낄 수도 있는 것 사이의 채워질 희망이 없는 거리. 부피가 늘어야 기관이 발달하듯, 부피가 늘어야 한갓 자유로운 우리의 몽상보다 더 풍부한 생의 나이가 발달한다. 이렇듯 독서가 여행보다 우리를 더 먼 세계의 바닥으로 데려간다.

제22장
:
통과의 산

 통과의 산 위에서 모세는 신께서 들어가라고 허락하지 않은 땅을 바라본다.

 모압의 네보 산, 아바림 산의 정상.

 발음조차 할 수 없는 자가 모세에게 가나안 땅을 바라보며 황홀경을 느끼고, 이어 죽게 될 곳이라 이른 곳이 바로 이곳이다.

 나라와 사막의 경계에 선 모세.

 꿈과 현실 사이의 문턱.

 신과 가시(可視)의 경계.

 발음조차 할 수 없는 자가 걷는 자에게 말한다. 가나안 땅을 바라보며 그 위에서 죽어라.

 네 몫은 무한이다.

 방황은 너의 숙소.

 현기증은 너의 시선.

제23장

:

　음악은 상실의 거울이다. 언어는 진행 중의 상실이다. 황홀경은 상실, 그 자체의 무의식적 체험이다. 뽑혀진 뿌리, 황홀경은 그곳을 건드린다. 언어의 침해를 받는 황홀경이 있을 따름이다. 기절함이 곧 언어를 잃음이기 때문이다.

*

　부조니[1]는 말했다. 해석하지 마라. 그저 되살려라. 나타날 때만이 나타난다. 손들이 건반 위를 나아가나 손의 문제가 아니다. 생겨나느냐의 문제다. 근원이 예술이다. 아름다움? 미의 문제가 아니다. 아름다운 것 뒤에, 닿아야만 하는 근원이 있다.

---

1) Ferruccio Busoni(1866~1924): 이탈리아 태생의 작곡가, 연주가. 1866년 브람스의 소개로 차이콥스키, 말러 등을 만났으며, 바흐, 리하르트 슈트라우스의 작품을 개작, 편곡하여 명성을 얻었고, 피아니스트로도 유명했다. 「투란도트」(1917), 「파우스트 박사」(1925) 등의 오페라를 남겼으며, 저서 『신음악미학시론』에서 그는 음악은 과거 음악의 정수를 증류하여 어떤 새로운 것을 얻어야 한다고 말했다. 또한 이 책에서 전자음악의 도래를 예견하기도 했다. 키냐르가 인용한 말들은 이 책이 출처인 것으로 보인다.

제23장

부조니는 이렇게 썼다. 해석가는 작곡가의 영감을, 즉 작곡가가 곡을 쓰며 부득이 잃어버릴 수밖에 없었던 것을 되살려야 한다고.

*

이야기가 없으면 무슨 일이 일어났는지 알지 못한다. 하지만 이야기는 절대 어떤 것과도 일치하지 않는다. 이야기는 다른 행위를, 일어난 일과는 정확히 일치하지 않는, 그저 작동 중인 언어 행위를 드러낼 뿐이다. 행위와 행위가 가져온 결과 전체를 주재하는 상황은 정확한 시점 없이 밑바닥부터 동요하며 기동상(起動狀)으로 그저 신비하게 흔들릴 뿐이다. 이 현기증 나는 상황을 받아들여야 하고, 그것을 사랑해야 한다. 절대 진정시켜서는 안 된다. 소위 객관적 묘사는 언어에 전도당한 신자들이나 하는 일이다. 회의적이고 파편적인 노출상이 서서히 질정(質定)된다. 진실은 정해지지 않는다.

제24장
:

그녀는 손등으로 눈을 비벼대곤 했다.

반은 밤색, 반은 검은색, 도저히 들어갈 수 없는 눈.

그 수면 위로 빛 한 줄기 올라오지 않았다. 잔물결 하나 일렁이지 않았다. 그 시선은, 항상 그랬던 것 같은 시선은 내게는 심(深)이었다. 고대 그리스인들이 심연이라 불렀던 것이 정확히 이것이다.

동물들도 그녀 같은 눈을 가졌다. 똑바로 보는, 뒷생각이라곤 전혀 없는, 어떤 후경도 없는, 무한한, 심각한, 속임수 없는, 곤두선, 불안에 찬, 빨아들일 것 같은 눈. 그녀는 앉기 전 무릎을 구부렸다.

제25장
:
까마귀들

세상의 모든 까마귀들은 하나같이 검으며, 별들 뒤에 누워 있던 밤에서 나온다.

헤시오도스가 말하기를, 황금시대 인간들은 노쇠를 알지 못했다고 한다. 그들은 노상 바라보던 밤에 취한 것마냥 잠에 홀려 죽었다고 한다.

칠흑 같은 어둠의 악령이 한 해 마지막 날들을 배회한다. 이것이 노파다. 노파는 사람이고 세상이고 죽은 자고 산이고 태양이고 꿈이고 다 집어삼킬 듯 위협한다. 보리수나무는 붓다가 이 세상에 남긴 흔적이다. 보리수나무 그림자 아래가 이 최고의 현자가 **열반** *nirvana*에 든 곳이다. 가야 근처, 네란자라 강기슭, 보리수나무.

보리수나무는 보리수나무 그림자보다 못하다.

다른 성자들이 이 성자 중의 성자를 두고 하는 말이, 그분의 흔적은 모든 그림자라고 한다.

*

제25장

욘 강기슭, 음악에 전부를 바쳤던 그 작은 집, 누군가 다 훔쳐가기 전[1], 그 흑단나무 피아노 위, 바이올린, 비올라, 첼로의 검은 집 위에 사람들이 '가루'라 부르는 보이지 않는 비(雨)의 신비.

왜 악기들은 다 짙은 색일까?

*

다문 입속의 어둠처럼 미지근하고 축축한 밤.

---

[1] 1995년 키냐르는 조부와 부친에게서 물려받은 스트라디바리우스 악기들을 모두 도난당한 적이 있다.

제26장
:
오비디우스의 충동

나는 늙은 암초들에 빠져들어갔다.

늙은 암초들.

나는 내 배가 이미 난파당한 물속으로 들어갔다.

이것이 토메스에서 오비디우스가 쓴 마지막 문장이다.

쉰아홉의 오비디우스, 죽기 전 병들었던.

그때 오비디우스는 이 늙은 암초들과, 이 **선조 돌들**과 **놀았다**.

이것이 오비디우스가 투티카누스에게 보낸 마지막 문장이다.

*

옛날의 힘은 반복의 힘이다. 모든 장애물을 부수고, 지표 혹은 껍데기 혹은 보호막을 찢고 둑을 터 경계를 넘어버리는 그 힘.

*

매일 하루는 간헐성 최후의 심판이다.

제26장

기존 권력자들 눈에는 아무 일관성 없는 것, 반복적 무기력에 빠지는 것, 상속자들한테는 정작 잊히는 것, 그러나 황홀경에 빠진 자들의 무의식에 흐르는 것, 이 옛날이, 이 무인지경이, 이 전통이 시대를 따라 졸졸 흘러간다.

적은 절대 승리를 포기하지 않는다. 증가하는 죽음, 전승되어야 하는 것은 잃어버린 것이다.

*

마네는 수첩에 파란색 띠를 그려놓고 그 안에 대문자로 이렇게 적었다. TOUT ARRIVE. 모든 것이 온다.

흔히 푸른 파도 모양으로, 글자도 따라 일어서게 그려지는 표어.

인간의 **충동**도 이러하다.

모든 것이 온다. 모든 것이 모든 것처럼 온다.

'모든 것(세계)'처럼 오고, '죽음'처럼 간다.

*

우리 발, 우리 손은 옛 지느러미다. 우리 손의 눈. 피는 액체 천이다. 심장 천. 심근은 그 자체의 박동을, 즉각적 수축을 갖는다. 그 고유한 시간적 흥분.

제26장

*

 시간의 두 원천은 상통한다. 세계를 둘로만 구분하는, 모든 것을 대립시키고 양 대화자를 흥분시키고, 적대자로 만드는, 대담적인, 변증법적인 양극의 쌍으로 놓는 언어의 이원적 구조 때문에 두 원천은 언어와 관련해서만 대립한다.

*

 옛 스칸디나비아 신화들은 공허 속의 두 반목 지대를 대립시켰다. 안개와 태양, **니플하임**[1]과 **무스펠하임**[2], 죽음과 열, **음**과 **양**.

*

 짐승들의 싸움은 선사 시대의 인류를 매혹시켰다. 초기 인류 시절, 이것이 동물 사회 자체를 홀렸을 법하다. 대립적 두 도약의 만남, 나무 혹은 뿔의 착종, 힘찬 짝짓기, 힘찬 대립적 이끌림, 언어 이전의 이 이상한 이원화, 교미 이전의 이 이상한 대결로 집단을 지배할 수컷을 선발한다.
 짐승들을 늘 지배하는 것은 전투, 선발, 이중 결투이다.

---

1) 북유럽신화에 나오는 지하의 나라.
2) 북유럽신화에 나오는 세계 남쪽 끝에 있다는 폭염의 나라.

제26장

발정 난 11월 사슴의 울음소리.

선사 시대의 투우.

반목하는 힘들의 대결(반목하나 결국은 동일성을 추구한다. 죽음을 건 미메티즘).

*

사회적 대결.

동성애적 경쟁.

북엔드가 아름다운 이유.

바이스, 충돌과 결합.

말하자면 대칭에서, 거울의 조각난 분할에서 파생된 것이 성교의 포옹.

자동 대결 장치, 스스로 폈다 죄어드는 버팀살. 동물적 **매혹** *fascinatio*.

형태발생기, 자기를 잊는 순간 불쑥 형태가 만들어지니 죽는 것이 너무 좋은 것.

*

홀리기 위해 언어가 제 스스로를 홀릴 때 그 의미는 스스로 비워진다. 언어는 원초적 유혹이다. 타자를 향한 의례이다(진실 촉구 혹은 의미 소통이 아니라). 언어는 그때 그 매력의 심연이 된다.

언어는 그때 그 자체의 현기증 나는 매력에 솟구친다.

*

창공의 타원처럼, 그 유출처럼 같은 사건을 만든다. 다시 오고, 또 오고.

다시 지나가는 것이 지나간 것보다 먼저다.

계절성이 사망성보다 먼저다.

*

'지금 maintenant'은 사회적 환상이다. '손에 잡힌다 main-tenir'는 지금은 손에 잡히지 않는다. 그것은 지난 것(나이 아닌 그저 상실)과 극히 불안정하게 닥쳐오는 것의 공존이다.

이항적 갈등이 끊임없이 시간을 도발한다. 이미지 없는, 마감 없는 퍼즐이나 그 조각들은 살아 있다.

늙지 않는 놀이. 모든 조각들이 움직인다. 모든 것이 작용한다. 모든 것이 사용 불가능이다.

*

온 강둑 풀밭에서 노는 새끼 고양이에게 시간은 길이가 없다. 새끼 고양이는 꼭 **건망증자** 같다.

말하지 않는, 노는 아이한테 시간은 **번개 속도**다. 어린이에게는 아직도 굶주린 동물적 특성이 있다. 탄력, 도약, 충동, 뜀, 팅김, 민첩. 그것은 강렬한, 임박한, 안달이 난 오늘이다. 오늘은 그 극한에서 최면 형태가 되었다가, 정체성 여행 형태가, 역할 놀이 형태가 된다.

*

초기 인간들에게는 신들림 상태에서 의식의 상실이 문제가 되었다. 의식이 가물거렸다. 신들림은 복귀의 사안이기도 하다.

인판스(*Infans*, 0~7세)와 대조되는 **푸에르**(*Puer*, 7~14세), 그것은 반복이다. 그것은 암기이다. 어린이들에게 언어를 가르친다. 언어로 반복을 가르친다. 놀이 공원 반복, 강둑 반복, 바닷가 반복, 귀가 반복, 매해 반복, 추억 반복(기억), 언어 반복을 통한 습득(인식).

자연언어가 습득되는 것처럼, 설명할 수 없는 반복도 습득된다.

고대 그리스어로 **파이다고고스** *paidagôgos*는 학교로 데려갔다가 집으로 데려오는 사람을 가리켰다. 왕복 선생.

언어가 조금씩 몸에 스며든다. 반복이 조금씩 영혼을 매혹한다. 기억이 욕망에 발을 들여놓고, 방방 뛰는 아이 같은 호기심

제26장

이 흔적 없이 지워진다. 비언어가 언어에서 증발된다. 알았던 것만 그리워한다. 즐겼던 것만 욕망한다. 허기에서, 앎의 허기에서 배회하듯, 이전의 날들에서 배회한다.

*

대지, 세계, 신체, 뇌—다시 말해 옛날, 과거, 현실, 비현실—는 흥분 시점과 둔감 시점 간의, 포식과 포만 간의, 쾌락과 혐오 간의, 보상과 처벌 간의, 욕망과 낙심 간의, 밀물과 썰물 간의, 봄과 가을 간의 고유한 열띤 교환을 결코 중단하지 않는다.

*

시간 저 바닥에서의 강과 약, 완성과 미완성의 교대. 강렬하고 가속적으로 가까이 왔다가, 우울하고 처지는 빈사 상태, 이어 부동 지경의 라르고, 그 멀어짐. 이것이 교대하고 교대한다.

*

꿈인지, 밤인지. 이런 게 육신의 처(處)다. 죽음의 순간까지 실재 속의 절대 실재적이지 않은 실재.
그 극한의 놀이.

제26장

무엇이 떨어지고 다시 건져지는 놀이. 부재와 현존을 적극적으로 교대하는 놀이. 숨겨진 것이 보이고, 잃어버린 것이 찾아지고. 보이지 않는 것과 보이는 것의 양극성은 시간을 이항 구조로 만든다. 첫번째 리듬은 실종의 리듬, 그 뒤를 이어 출현의 리듬. 어두운 생 뒤의 탄생. 첫 세계 뒤의 사후(事後). 고동, 근원적 고동.

강박(强拍)이 상실이다. 약박(弱拍)이 재도약이다. 재출현은 반복된 것에 불과하다. 충동은 2차에 불과하다.

강박만이, 상실만이, 탄생만이 처음을 알게 한다.

언어는 후행적인 것.

첫번째는 경험이 없다. 언어가 없다.

온-오프 On-Off.

교대가 시간의 토대이다.

출발과 귀환, 표면과 내면, 양달과 음달.

삶 혹은 죽음.

에른스트 할베르슈타트는 죽게 될 엄마 발밑에서 실타래를 가지고 놀았던 소피 프로이트[3]의 어린 아들 이름이다.

---

3) 지그문트 프로이트의 딸. 프로이트는 딸을 인플루엔자로 잃었다(1920년).

제27장
:
하늘론

1650년 10월 마지막 날에 마롤 신부[1]가 루크레티우스의 번역을 마친 것으로 본다.

그는 그날 자기 번역본의 서문을 썼다. 보기 쉽기 때문에 보기 지겨운 하늘을 향해 아무도 눈을 들어 올리지 않는다고 그는 말했다.

하늘은 없다, 시간이 상실된 곳이라면.

시간을 읽고자 한다면 하늘을 바라볼 필요가 있다.

시간은 하늘이다.

태양이 지상의 선에서 사라진 후, 우리가 천공을 향해 눈을 들어 올릴 때, 우리는 과거의 어두운 얼굴을 본다.

---

[1] Michelle de Marolles(1600~1681) : 사제이자 번역가, 역사가. 루크레티우스, 오비디우스, 베르길리우스, 호라티우스 등 수많은 고전을 번역했다. 또한 판화 수집가로도 유명하다. 국왕 루이 14세를 위해 콜베르 경은 마롤 신부의 이 판화 수점을 모두 샀다.

제28장
:
시원의 방사광

그것은 시원(始原)의 방사광이다. 어떤 방사핵의 연대는 150억 년 전으로 거슬러 올라간다. 그것들 나이는 우주의 나이다.

칼륨 40, 토륨 232, 우라늄 238은 태초 이래 그 보이지 않는 섬광을 방사해왔다.

탄소 14와 트리튬은 대기 중에 지각할 수 없는 정도의 빛을 방사하며, 물질에 그 수수께끼 같은 흔적을 계속해서 옮긴다.

*

월터 페이터는 화가 와토가 남긴 몇몇 소품들에 대해 이렇게 썼다. 어떤 실재에서든 우리가 헛되이 마냥 찾는 빛이 그것을 비춘다.

3세기 전 피카르 지역 화가들, 플라망드 및 네덜란드 화가들은 자기들 색에 극진했다. 사려 깊되 흥분하지 않는 것은 아니며 그 색들에 대해 이야기했다. 조물주가 며칠에 걸쳐 창조했던 때, 그 태초에 세상에 퍼뜨렸던 색감을 다시 얻은 것만 같다고.

판에이크는 태양으로 그림을 그린다고 말하곤 했다.

제28장

*

    우주는 제8계에서도 완성되지 않는다. 수도 없이 많은 별들은 항상 반짝거리지는 않으며 밤의 침묵 속을 운행한다.
    지구는 40억 년도 더 되는 나이를 먹었다.
    달도 같은 나이이나 지구에서 멀어졌다.
    태양은 훨씬 늙었다.
    우리는 거의 안정적이고, 뜨겁고, 빛나고, 소멸할 한 별의 둘레를 거의 안정적으로 도는 한 궤도 위를 선회하고 있다.
    태양계는 태어났다. 고로 죽을 것이다.

*

    공간을 차지하는, 혹은 거기 맞춰진 몸에는 독립적인 시간도 독립적인 공간도 없다. 우리 은하계 지름은 10만 광년이다.
    아우구스투스는 시간은 접근 가능하지 않은 빛을 사는 존재라고 말했다.
    어느 날 대양이 비등할 것이다.

*

    방사선 물질의 교환 중지를 통해 생명체가 죽은 연대를 알 수 있다.

 탄소 14의 방사능 반감기는 5730년으로, 이 반감기를 통해 인간의 흔적을 측정할 수 있다.

 칼륨 40의 방사능 반감기는 13억 년으로, 이것은 화산 활동을 측정하는 데 쓰일 수 있다.

 토륨 232의 방사능 반감기는 140억 년으로, 지구의 나이를 측정하는 데 도움을 줄 수 있다.

 독서 활동 중에 여전히 활동 중인 자연언어의 이해성 기간은 무한이다.

 상실을 측정하는 것이 바로 이 이해성이라고 나는 확신한다.

*

 하늘 높이, 1억6천만 년 전, 맹금류는 녹여 탈취하는 식의 본능태를 제시했다. 포식 이전에 하늘 저 구석에서부터 이 자연속(自然屬)은 세포 손상에 따른 세포 자살 이전의 공격성, 맹렬성의 희열을 느끼며 전속력으로 제 속도를 밟는다.

 중앙부가, 제 몸속에서 알아서 생겨 늘어나듯 조직기관 형태라는 것이, 공간적 입체라는 것이, 시간적 차원이라는 것이 그렇게 만들어진다.

 부지불식중에 늘어난다. 아니, 부지불식이 바로 자신이다.

 빨아들인다, 아니 그것이 알싸하게 좋다고 느끼는 순간, 제게서 발견한 그것을 의례화한다. 아마도 궁극적 목표는 흘러넘치는 것일 게다. 추동성은 시간의 두번째 얼굴로, 내포하는 공간 혹은 몸이 자기 옛것이어서 폭발 자체가 자기 옛것을 폭발시킨 것에 불과하니 더 협소하나 그래서 더 대단한 얼굴이다. 호모크롬homochromes들은 호모크론homochrones들처럼 서로에게 어울리는 답을 계속 돌려보내며 서로 화답한다. 그렇게 서로 끼워 맞춰지는 것이 마치 태고부터 어떤 되새들을 일부일처제에 빗장 걸어버린 짝짓기 노래 같다.

호모크론들은 반사하듯 한다.

동주파기들은 빛 세례를 맞은 입체들이 던지는 음영 같고, 거울 수면의 진동 같다.

공기의 흐름을 가르는 새들처럼, 계절을 타고, 이어 시대를 타는 시간의 카멜레온들이 있다.

시간의 지하 속에 매복 중인 짐승들(천사들, 밤들, 인간 전 나비들, 산의 맹금류들, 문학을 읽는 자들).

옛날이 있다.

형태들의 이 공간 속 침투로, 이 자연 귀속으로 비로소 부지불식간에 깨닫는다.

넋 놓게 한 것이 넋을 친다.

구석기 동굴에 들어간 자, 처음 같은데 동굴을 알아본다. 간 것이 아니다. 돌아온 것이다.

제29장

:

칸트는 이렇게 썼다. 의미는 시간을 생산하지 않는다. 그러나 전제한다. 그 연속도 시간을 발생시키지 않는다. 다만 의거한다. 의미에서 시간은 이른바 황홀경을 불러일으키게 하는 것이다. 의미들이 감지하는 것은 다만 거기 있던 어떤 것의 터짐이다.

탄생 전의 옛날이 조금이라도 있음으로 해서, 탄생은 시간에 이미지를 줄 수 있다(옛날은 결코 보이지 않는 '**첫 장면**Urszene'에 놓이지만, 그럼에도 전적인 감지 가능성이 있으며 그것을 본 자의 눈이 곧 그 결실일 수 있다).

Pais paizôn pesseuôn(밀며, 놀며, 낳는 아이).[1]

배출성. 도착하는 것이 잃은 것 혹은 지나간 것보다 항상 훨씬

---

[1] 헤라클레이토스의 명구로, 원문은 다음과 같다. Aiôn pais esti paizôn pesseuôn. Paidos hè basiléiè. 체스 놀이의 말을 '밀며(이동시키며),' '놀며' 정신없이 즐기는 아이야말로, 바로 세상의 주인, 곧 시간 그 자체라는 의미이다. 파스칼 키냐르는 "Enfant enfantant jouant poussant"으로 다시 옮겨 풀며, 의지와 생명력 깃든 것 같은 앙([à]) 발음을 유희하기도 한다. 놀이에 함몰된 아이들의 세계에는 존재하지 않는 외부적 시간, 무아지경의 상태, 이것이 시간의 본질이다. 키냐르는 『옛날에 관하여』 제75장 '어린이 왕국'에서도 시간, 놀이, 아이의 등가성을 더욱 탐색한다.

제29장

약동적이다.

아이는 시원의 방사광이다.

오디세우스는 벗었고 페아키아 해변가에서 물을 뒤집어썼다. 그의 이름이 그를 앞지른다. 그의 이야기가 그를 앞선다. 나우시카[2]는 크로노스[3]가 놀듯 논다. 나우시카는 헝겊공을 내민다. 한 아이의 왕국.

*

마르쿠스 아우렐리우스 황제가 그리스어로 쓴 기이하고 십오 한 일기에 나오는 단위세계, 땅, 하늘, 기억에 붙들린 혼, 원천의 동질성 따위를 참조하며 이들을 사색하는 언어적 사유. 자연 점액, 로마식 정액, 태고의 단 한 방울이 우주에 흘러넘친다.

그 기막힌 『변신 이야기 *Métamorphoses*』에도 이 같은 확신이 넘친다. 오비디우스가 격렬하게, 자연력의 한계에 이르도록 증식시키는 변신. 지배권도 없고, 종(種)도 없고, 장르genre도 없고, 막

---

[2] 호메로스 『오디세이아』에서 나우시카는 시녀들과 함께 해변가에서 공놀이를 한다. 난파를 당해 해변가에 기진맥진 잠들어 있던 오디세우스는 이 소리에 잠이 깬다. 알몸인 오디세우스가 나뭇가지로 앞을 가리고 여자들 앞에 나타나자 시녀들은 모두 도망가는데, 혼자 남은 나우시카는 오디세우스에게 걸칠 옷과 음식을 준다.
[3] 그리스 신화의 시간의 신. 자식이 자신을 몰아낸다는 예언이 두려워 자식이 태어날 때마다 집어삼킨다. 시간을 비유하기도 하는 이 장면은 수많은 회화의 주제이기도 했다. 로마 신화의 '씨 뿌리는 자,' 농경의 신 사투르누스와 동일시된다.

제29장

힘도 없는, 있는 그대로, 자연 이치 그대로. 오로지 생물적 정자만이, 우주적 정자만이 하나이다.

모든 생명은 시간의 종말을 맞는다.

모든 탄생은 세계의 창조 이후부터다.

한쪽에서는 세대의 종말이, 한쪽에서는 세계의 기원이.

*

모두가 기원을 찾는다. 우울한 자의 내향적 자성, 도시 희생제, 엄지를 빨며 잠이 드는 아기. 천체물리학자는 우주의 기원을 탐색하며 자신의 도식을 만들고, 생물학자는 생명의 시초를 찾으며 시험관에 세포를 배양한다. 고고학자는 작은 배낭을 메고 잔뼈들을 찾느라 지구를 주행한다.

"우주의 나이 15억 년."

"생명의 나이 4억 5천 년."

"인류의 나이 10만 년."

*

살면서 혐오감은, 벼락같은 혐오감은 항성 속도로 왔다.

내가 알게 된 것들의 그 점을 혐오할 때면 내 머리는 메두사처럼 쭈뼛 서곤 했다.

제29장

*

시간의 맨 밑바닥에서 반복되는 힘, 그 바로 위, 바로 거기가 비동기성(非同期性)의 엄습 지점이다.

이 복합성의 확산은 너무 유동적인지라 말로는 설명이 안 된다.

지구는 1년이 365일, 자전 주기는 24시간이다.

수성의 1년은 지구상으로 88일, 자전 주기는 58일이다.

금성의 1년은 지구상으로 224일, 자전 주기는 243일로, 그 결과 금성은 1일이 1년보다 길다.

자연은 갑자기 일격을 당한 듯 이상한 덩어리 혹은 기억-형태-정보-인식의 공(球)으로 돌격한다.

제가 고안한 공간에서 그 여파로 제 스스로 늘어나는 발동기 마냥 아, **유레카**<i>Eurêka!</i>[4]

자기 엄습에 자기가 홀릴 때 생명은 죽음을 고안한다.

과거가 잡아먹는 거기, 거기가 매혹이다.

자기가 자기를 삼키듯, 파생형이 돌연 원초의 아가리로 되돌아간다. 죽음은 후진하는 귀가이다. 그것은 프랑스어 단어 "regard(눈길, 주시)"이다. 모든 시간 단계를 되거치며 가장 작은 요소들까지 다 분해하여 비조직성의 생명체로, 이어 물질로 다시 돌아가며 스스로 박히는 내공(內攻).

---

[4] 부력의 원리를 발견한 아르키메데스의 전설적 명언 '유레카'는 그리스어로 "아, 알았다!"라는 뜻이다. 그것은 부지불식간에 퍼뜩 깨닫는 전광석화 같은 앎이다.

제29장

*

소(小)세네카는 말했다. 인간을 위시한 야수들에게 파노라마 비전을 주는 것은 자연이라고. 그들은 거의 우주적인, 시샘 터질 듯한, 수렴적인, 굶주린 시선의 그 파노라마 비전의 회전 속에서 자신을 들여다본다고.

*

자기가 위치한 곳을 바라볼 때 그것을 가장 잘 볼 수 있는 동물이 인간인지는 확실히 모르겠다.

창공을 선회하는 비상의 날것들이야말로 그 일에 두각을 나타낸다.

그들의 춤은 어떤 보행보다 어떤 방랑보다 아름답다.

*

마닐리우스[5]는 로마에서 서기 20년경 자신은 하늘을 언어에 종속시킨 신성 모독자라고 쓴 바 있다.

---

5) Marcus Manilius: 북아프리카 태생의 라틴계 시인이자 점성가. 고대 점성학에 관한 시를 다수 썼다.

제29장

*

제 소속 환경 한가운데 침묵하며 있는 어떤 짐승들은 언어 때문에 자연에 간헐적으로 소속되면서도 자꾸 점진적으로 자연에 비소속되는 우리 인간들보다 더 강렬한 존재론적 황홀경을 알 것이다.

안개 속을 사는 어떤 가을 사슴들은 얼개의 본질을 신들보다 더 잘 안다.

하늘이 갑자기 종달새 알라우다를 그 파란 몸속으로 빨아들였다.

매가 산토끼를 빨아들이듯 참새들을 어떤 비감지체가 빨아먹었다.

물이 물고기를,

로마가 카이사르를,

책 내용이 독자를,

어머니가 아이를 빨아들인다.

제30장
:
달팽이

달팽이는 6억 5천만 년 전 바다 산호초들과 함께 출현하였다. 달팽이 껍데기는 나사 모양이다.

달팽이는 번들거리는 침 위를 느릿느릿 헤매며 수축 작용으로 이동한다.

달팽이는 달 아래서 대양처럼 걷는다. 늘여 뻗어.

*

침, 흘린 흔적이 아니라 갈 길을 알려주는 실마리.

달팽이는 새벽만을 좋아한다. 혹은 가는 빗줄기 사이로 비끼는 태양만을.

*

달이 바다를 동(動)한다. 달은 유수(流水)의 대양, 그 바닥을 젓는다. 해안가에 와서 부서지고 솟은 돌에 부딪히고 휘말리는 역류를 따라 돌진하는 늘어진 뱃살의 해수면을 달이 들어 올린다.

지구와 달 사이에 무슨 축이라도 있듯, 달을 향한 반구의 해면은 달 쪽으로 당겨진다.

바다는 아직 그 상승을 수행 중인 나머지 옛날에 굴복한다.

옛날에 달은 지금보다 세 배나 지구에 가까웠다. 달은 아이를 떼어놓는 엄한 어머니처럼, 아이가 잠들기를 기다렸다가 잠든 아이의 방문을 천천히 닫아주고 나오는 어머니처럼 바다를 떼어놓았다.

옛날에 달은 태양을 도와 태양보다 4백 배나 가까이 있으면서 밤바다의 온도를 높여주었다.

제31장

:

그는 비하르의 파바에서 527년 죽었다. 요긴두는 자신을 일컬어 "지하와 샘물, 동굴 시대 이후" 타인들과의 공동생활을 포기한 마지막 뱃사공이라고 하였다.

요긴두Yogindu는 '마지막 달'이라는 뜻이다. 직역하면 다른 편으로 건네주는 마지막 사람이라는 뜻이다(다른 편이란 달을 뜻한다).

*

요긴두는 아는 것과 깨닫는 것은 상반된다고 말한다. 초기의 순종으로 몸속에 상감된 언어 음성들을 다시 몰아내야 한다. 정신 집중의 불은 반복된 것을 소모하며 탄다. 부정하는 것 이외에 다른 길은 없다. '~도 아니고, ~도 아닌'[1]이 자연언어의 고유

---

1) 인도 철학에서 궁극적 실재를 말할 때 이 이중부정의 '네티, 네티Neti, neti'라는 말을 쓴다. 인도 사상뿐 아니라 도가 철학 등 세계 많은 고대 종교 사상들은 궁극적 실재를 언어로 표현할 때, '그것은 무엇이다'라는 긍정 표현보다 '그것은 무엇도 아니고, 무엇도 아니다'라는 뫼비우스의 띠와도 같은 이중부정을 한다.

제31장

한 노래가 되는 순간 자연언어는 포기된다. 명상으로 언어를 닦아내기에 이르니, 이제 명상으로 세계와 연통한다. 태양은 태양이 던지는 그림자와 더 이상 상치되지 않고, 그림자가 생겨나기 이전의 그 희미한 빛과 합류한다. 본성이 회귀한다. 시원의 샘에서부터 흘러나온 "먹먹한 빛"이 우리 존재의 바닥에 퍼진다. 먹먹한 빛은 아이들 까만 눈동자에서, 성희를 느끼는 여자의 눈 표면에서, 그리고 또 모든 기억을 상실한 노인의 눈 깊은 바닥에서 얼핏 비친다. 그것은 파생적인 빛이다. "다른 곳에서 온" 빛이다. 이것이 요긴두라는 단어의 의미이다. 그러나 달빛 요긴두라는 말에서 그 빛이 달빛을 뜻하는 것은 아니다.

요긴두는 말했다. 그것은 무엇조차 아닌 빛이다.

반사로도 굴절로도 분산으로도 생기는 것이 아닌 먹먹한 빛.

그 어떤 존재 상태라고도 할 수 없는, 무(無) 속에서도 마주칠 수 없는 빛.

존재 이전의 빛.

태양 그 너머에서 빛나는 빛.

혜안의 빛.

저 먼 옛 자신과 해후하는 환희.

요긴두는 **이동하는 철새가 문득 호수를 보고 스치듯**, 기쁨은 생각 속에 불현듯 스친다고 했다.

요긴두는 선행하는 것을 응시하는 자의 기쁨은 티 없는 하늘 속 **밤의 기쁨**과 닮았다고 했다.

제32장
:
피아노

시베리아 샤먼들은, 지나간 것은 반몽(半夢) 상태에 억류되어 있어야 한다고 말한다. 듣는 추격자들의 귀를 붙들고 싶다면, 우리가 말하고자 하는 것이 그들 기억에 새겨지기를 원한다면 아주 낮게 말해야 한다.

샤먼을 뜻하는 수많은 단어 가운데 하나가 이누어로 "낮은 목소리의 중얼거림"이다. 이 중얼거림은 입말과 글말의 중간 즈음이다. 그것은 이미 대화에서 떨어져 나온, 질서체계에서 멀어진, 신호가 약화된 발화어의 역입(逆入)과 흡사하다. 아기들이 엄마 젖을 빨 때 입술 사이로 새어 나오는 보글보글한 하얀 젖토 같은 소리.

이런 **중얼거림**이라고 보면 아기 때 하던 짓을 다시 하는 것 같은 노인들의 허튼소리는 경멸할 것이 못 된다.

문자 없던 민족들이 이것을 증명한다. 5천 년 기록 문명도 **비구두화된 구두성**이라는 이 환각적 예감을, **메조 보체** *mezzo voce*라는 낮은 중얼거림의 필요성을 인정했다.

황안(黃顔)에, 먹처럼 까만 눈동자의 그들은 작게, 낮게, 둥글게 앉아 있다. 눈은 영롱하게 빛난다. 내면의 신비한 샘에서부터 흘러나온 빛채들. 그들은 서서히 부드러운 소리를, 출처 없는 소리를, 환각의 언어를, 일어났다 되돌아오는 벌 소리를 듣는다.

*

우리가 샤먼이라 부르는 것을 이누이족은 **앙가코크** *angakoq*라 한다. *anga*는 고(古)라는 뜻이다. 더 정확히 하면 전(前)이다. 앙가는 특별한 방식으로 말한다. 앙가코크는 눈을 아무 대상에나 고정하고 말한다(이 '아무 대상'이 책의 선조일 수 있다). 앙가코크가 취하는 음조는 매우 낮다. 주저하며 말한다. 전에 본 것 같은, 아주 옛날에, 이미 나누었던 것 같은, 그러나 되말하기는 힘든 번역할 때의 기분이다. 숨이 절반 삼켜진다. 목소리가 입속으로 반은 물러나 목 천장에서 우물우물한다. 앙가는 낮은 소리로 말한다.

*

이것은 음악의 교훈이기도 하다. 꿈같은 과장이 아니라, 경계 벽에서 가능한 한 더 중얼거리기. 혹은 난간에서.
뜰에서 얼음덩어리가 녹는다. 물이 슬슬 빠지며.
소곤댄다.

제32장

*

전(前)은 짐승이 인간의 선행자이듯 선임자다. 기원은 "언어를 획득하기 전의 언어"에 묻혀 속삭인다.

들어주고, 이리 갔다 저리 갔다 흔들어주고, 노래하며, 노래를, 기원을, 여행을, 회귀를, 하나로 모아주고, 초점적인, 수렴적인, 모성적인, 퍼지는, 흐릿한, 은은한 양수 속 목욕.

*

어제에서 태어나지 않은 날이 있겠는가?
그러면 어제는 어디 있을까?

*

왜 **피아노** *piano*라는 단어가 **피아노포르테** *piano-forte*를 가리키는 말로 충분할까? 왜 인간의 언어는 서술이 되면 저음이 되도록 낮아질까?

왜 책일까?

참으로 신기한 것은, 쓰기로는 이것이 안 되는데, 몸의 느낌으로는 저음의 중얼거림이 훨씬 충만감을 준다는 것이다.

빈, 베르가스 19번지. 그[1]의 정신 치료도 이것이다. 침대소파, 얼굴 보지 않고, 낮은 목소리로.

새들은 어린 새끼들을 먹이느라 제가 되씹은 것을 새끼의 부리 속에 넣어준다. 나는 이런 모든 세상의 아기죽을 떠올린다.

사회의 비슷한 낮은 중얼거림을 생각한다. 언어 배달꾼들은 한동안 홀로 있다. 이어 사회 집단이 이들과 말한다.

몰래 하는 눈빛 고백, 몰래 하는 낮의 노출. 잃어버린 것을 되뇌는 동안만큼은 아주 높고 째진 소리는 더 이상 듣지 못한다. 잃어버린 것이 다시 자신을 찾아왔을 때, 그들은 더 생생한 빛 따위는 원치 않는다. 흑백 영화는 저음의 구술처럼 빈약한 시각 요소로 영상을 서술한다. 고전 영화에 내가 감탄하는 것은 특별한 연출, 배우의 연기, 줄거리 때문이 아니다. 나는 저(低)시각성, 흑백의 대조가 유일한 기표가 되는 그 극소박성에 감탄한다. 가령 빛과 어둠이라는 그 주요 차이성에 초점을 맞추어 가시적 요소를 포착하는 것이다. 성의 차이도 이런 식으로 파생한다. 이런 차이는 음영 없는 색에서는 나타나지 않는다. 미세한 특질을 포착하는 정신분석, 고음 처리, 노래의 맛깔, 춤의 기교, 색조의 농담(濃淡).

작가들은 흑과 백으로 글을 쓴다.

복귀가 없으면 서술은 없다.

그 결과 그 표현에 있어서도 저 멀리 있는 것을 끌고 오지 않으면 글은 써지지 않는다.

---

1) 여기서 그는 지그문트 프로이트이다.

제32장

*

한 대상의 정량(가치)은 그 대상을 위해 죽은 것들의 수에 따라 계산된다.

가정을 꾸리고, 가능한 결속체를 만들고, 집단을 형성하며 세대를 변화시켜온 죽은 자들 때문에 단순과거는 아오리스트(부정과거)와 호환된다.

인간 사회에서 아오리스트의 마법은 선조의 과거(원천적 힘)를 현대의 아들들에게 전달할 수 있는 힘을 지닌 주문 같은 마법이다.

세계의 지속저음은 현재가 아니다.

인간은 도착 중인 '옛날'이, 이 먹성 좋은 괴물이 선호하는 먹이다.

인간계의 작은 모든 것들은 옛날에 할당된 **신선한 살**이다.

*

과거의 극적인 사건은 도처에서 언제든 터질 수 있는 것으로, 여전히 활동 중이다. 번개. 포식. 전쟁. 태풍. 화산.

존재 속 시간의 끔찍한 **표출** *acting out*.

꽃들은 한 해만 산다. 그러나 이 한 해는 다시 온다.

인간들도 비록 한 생애만 살 뿐이나 그 단 한 생애보다 더 먼 태고의 수액이 차 있다.

피아노, 여리게. 점점 더 여리게, 피아니시모.

*

힘을 써서 말하면 힘을 잃는다. "너를 사랑해" 하고 외치는 순간 이미 그 성적 매력이 사라진다. 눈빛으로 말해야 한다. 밀렵꾼들의 강렬한, 결정적 교환은 이 침묵하는 시선의 교환이다.

이에는 이 이전에 **눈에는 눈**이 있었다. 상징화의 기원이 그것이다.

만일 포획자들이 분명하게 말하면 먹이를 놓칠 것이다.

모든 문화적 활동은 결코 멈춤이 없는 무한한 사냥이다.

*

환기하는 것들을 제 머리 옆에서 큰 원을 그리며 신비하게 말하는 사람들은 다 토로하지는 않으니 들으면서 매번 의미를 규정하는 사람들을 당황시켜도 어떤 매개를 통해, 어떤 묵설을 통해 목소리를 낮추고 보여주지 못하는 것을 보여줌으로써 예전에 익히 아는 것을, 그러나 우리 살아생전 깨닫지 못하는 것을 전한다.

진짜 비밀은 절대 공유할 수 없는 것들이다. 상실, 이별, 섹스, 꿈, 허기, 죽음.

감춰진 것을 환기함으로써 환기된다. 이것이 경계벽이다.

또 다른 삶이 예감된다. 혹은 상상할 수 없는 공포가 몰려온다.

악몽, 꿈, 환영들이 이 경계벽에 일종의 몸을 토한다. 다시 말해, 우리 조건의 한계 위에. 다시 말해 분리된, 성적으로 분리된, 영영 헤어지는 비통의 경계 위에.

악몽, 꿈, 환영은 건널 수 없는 경계 벽면에 제 영상을 던진다. 조용히 침묵할 때만 건너지는 거기, 건너가면 되돌아오지 못할 거기.

*

나무, 뿔, 송곳니, 발톱, 털, 냄새, 질주, 째지는 비명, 먹먹한 중얼거림. 당신들은 어디 있나요?

거석기 사회는 조상들, 사라진 환청의 사회가 되었다.

언덕배기에 솟은 장구한 세월을 산 돌바위의 옛 힘,

두개골 언덕,

생자들 집단, 나무와 잎들의 도시.

돌바위의 장구한 세월만큼이나 긴 세월을 살아온 사회, 시간 질서의 대변자들을 은신처에 숨기며 월력 업무를 묵묵히 해온 사회(사냥, 복귀, 금욕, 향연, 동지, 하지, 축제, 생일, 수확, 파종, 혼례).

우선 이 대변인들은 제 목소리를 이승에 전하는 사자(死者)들의 대장들로. 이제 이 목소리가 조상어가 되고, 부득이한 방황 이후 신들은 계시된다.

정렬 방향을 정한, 이 정렬로 그림자의 방향을 정하는 태양 여행만큼이나 지속적이고, 집요하고, 순환적인 돌의 시간성.

제33장
:
하지와 동지

　M과 카르타고의 원형극장을 걷다가 왼발을 들고 고개를 뒤로 돌리고 있는 사슴과 마주쳤다. 사슴은 봄 이파리들을 따먹을 때 뒤를 도는 자세를 취한다. 세상에서 가장 오래된 비유의 소재 가운데 하나가 사슴이다. 사슴은 하지와 동지이다.
　지(至)를 뜻하는 라틴어 *solstitium*을 풀면 이렇다. 태양sol이 황도 행차 중에 천구의 적도와 가장 큰 각이 질 때 멈춘다stare.
　6월 21일, 12월 21일.
　가장 긴 낮, 가장 긴 밤.
　일단 이 점에 도달하면 태양이라는 영웅은 고개를 돌아보지 못하고 가던 길을 계속 가야 한다. 뒤돌아보기는 금지다. 이 두 점을 따라가며 생긴 황도선상에 태양은 절기 가운데 가장 짧은 시간대를 그려놓는다.
　이 두 점 사이의 왕복 운동으로 한 해가 만들어진다. 한 해가 흐르듯 글쓰기란 첫 행을 쓰자마자 그 상류에서 멀어지는 일이다.

*

시간은 과거에서 불쑥 솟는 것 말고는 다른 방향을 알지 못한다. 재생이 원천이다. 삶이란 천체에 내던져진 한 마리 짐승처럼 제가 내던진 것의 축적이다.

연어들은 가서 죽으러 산란장으로 직행한다.

모든 행성들은 제 옛날(태양)을 향해 몸을 돌린다.

귀환의 도착지에 꽃이 핀다.

태양은 춤을 춘다. 반회전한다. 그것이 하지와 동지이다.

*

오디세우스와 선원 신드바드. 어디를 가나? 오디세우스는 이타케로 간다. 선조에게 간다. 자신을 증명해줄 땅에 뿌리박힌 무화과나무 부부 침대를 다시 본다. 밤과 합류한다. 새벽이 되면 보이지 않게 분해되는 그 장면, 그 밤. 아버지는 그를 알아보지 못한다. 아내도 그를 알아보지 못한다. 아들도 그를 알아보지 못한다.

그의 **사냥개**만이 그를 알아본다.

그의 **사냥 상처**(멧돼지 이빨 자국) 때문에 유모가 그를 알아본다.

*

고대 그리스에서 신의 기관(器官)은 우선 천구의 태양, 그리고

제33장

땅을 굽어보는 산, 카오스, 밤, 하데스였다.

시간은 티폰(티포에우스)이었다. 고대 그리스인들은 티폰에게 이런 찬가를 바쳤다. 전율케 하는 분이시여, 저항할 수 없는 분이시여, 범접할 수 없는 분이시여, 비척도적 시간들의 신이시여.

오, 서걱거리며 설빙 위로 당신을 옮기는

이가 당신의 선조이니.

그분의 동작은 셋으로, 여명, 정오, 황혼.

일어나기, 일어서기, 눕기가 이 괴물 존재의 세 동작이다.

그분이 하루살이들을 집어삼켜 죽음 속이려니.

마음의 악마가 있기 전, 수호천사가 있기 전, 심중어(心中語)의 메아리가 두개골 정수리 밑에서 새어 나오기 전, 우리가 의식이라 부르는, 중단 없는, 규칙적인, 사회적인, 판별적인, 길들이기 좋아하는 마음속 자명고가 울리기 전, 각자 자기만의 태양이 있다. 티투스-리비우스에 나오는 마케도니아 필리포스 왕의 참으로 기이한 문장도 이것이다.

"내 날들의 태양은 아직 잠들지 않았다."

*

조상들에게 지내는 제사에서 후손 관계는 **여기 그리고 지금** *hic et nunc*의 순간 수직선을 떠나니, 기울이고, 숙이고, 구부려 경계선에 이를 때까지, 사원의 문턱 선에 닿을 때까지 완전 엎드려 수평선이 된다. 기록으로써 눕는 연대적·수직적 시간의 수평적 통시(通時).

어린 것들을 번식시킨 것들의 사체는 그 어린 것들 덕에 야수들에게, 썩은 고기만을 먹는 맹수들에게 더는 버려지지 않는다.

부모들은 자식들의 눈앞에서는 그만 먹힌다.

자식이 부모를 감춘다.

살생당한 먹이, 사라진 인간들은 죄책감에 시달리는 생존자들의 꿈에 나타난다.

환영과 죄책감의 혼합. 이 혼합물은 의식에, 특히나 구두화된 의식에 훨씬 선행하는 것이다. 하지만 이것도 그것처럼 배경이 있다.

인간의 특징을 묘사하는 형태 가운데 가장 오래된 것은 뒤돌아보는 자세, 즉 회고이다.

죽어가는 들소의 목에 생긴 연축 현상을 **오피스토노스** *opisthonos* 라고 한다.

몸을 뒤로 돌리는 것처럼 보였다.

결국 들소는 죽는다. 얼마 후 희생제에서 돌려져 있는 목의—들소가 뒤를 돌아보고 있는 것처럼 보이는—접힌 부위에 칼이 꽂힌다.

영양들과 산토끼들이 항문에서 나오는 똥을 보느라 뒤를 보는 시선, 그 위를 타고 있는 새 한 마리, 봄은 죽어가는 겨울한테 밀려 나온 것이라는 것도 그럴듯하다.

제33장

가장 강한 시(時)는 죽음에 내던져진 때.

그 원천적 힘이 죽음에서 나오니.

식인귀 시간이 식물과 동물을 다 먹어치운 나머지 옥토는 사막이 되고 가족과 주민은 이주당한다.

사냥꾼이 사냥함에 따라 세계는 줄어들고 인간 짐승들의 배는 불어터진다.

배가 갑자기 터진다, 낳는다, 싼다. 봄을, 새싹을, 새끼를 쏟는다. 시간이라는 짐승이 먹어치운 그 모든 것을 다시 거주케 한다. 이러다 나는 견갑골 양끝 움푹 파인 고황(급소)까지 해석할지 모른다. 내가 무슨 확실한 것을 말하는 것은 전혀 아니다. 나는 언어를, 언어 잔해들을 내가 거기서 태어나니 그냥 생기게 내버려두는 것이다. 이 잔해들은 내 독서와 꿈에까지 얽혀 들어올 것이다. 분명한 것 하나는 이미지로 꿈을 가공하고, 언어로 이야기를 가공한다고 볼 때, 신화의 얼개들은 이 도려낸 절개 부위 한가운데, 이 착색안료(着色顏料) 한가운데, 이 떨리는, 숨 가쁜 손 한가운데 다 모여 있다고 할 수 있다.

*

불현듯 숲들이 물러난다. 빙하가 녹는다. 산이 일어선다. 우리는 엉엉 운다.

온다, 귄츠, 민델, 리스, 뷔름 빙하기들이.

제33장

숲들이 빙하를 따른다. 짐승들이 숲들을 따른다. 산등성이 동굴들을 다 도려내는 빙하들을 따르는 숲들을 따르는 짐승들이 떨어뜨린 살점들을 따르는 죽은 고기만을 먹고 사는 야수.

우리는? 우리의 방향 잡이는? 우리 앞에 펼쳐진 공허(空虛).

망상가가 몽중 속에 그리되고 싶듯 우리를 지배하는 것은 구멍, 텅 빔.

*

우리는 지금도 우리가 간혹 현재라 부르는 홍적세 간빙기에 살고 있다.

1895년 2월 말라르메도 그렇게 썼다. 그러나 그것은 현재는 아니다.

잘못 알았어도 그것이 자기 시대라 믿기는 것을.

제34장

신기하게도 나는 세상을 전혀 후회한 적이 없다. 옛날 옛적이었던 시대에 살고 싶은 갈망을 느낀 적도 없다. 온고지신하며 내 목록을 만들고, 고서를 활용하고, 파편적 이데아들을 줍고, 외경한 것들을 침전시키고, 박학(博學)의 생맛을 즐기고, 연구를, 과학을, 혜안을 하는 일에서 나 자신을 놔줄 수 없으니.

땅 위의 자연 풍광이 이토록 희귀해졌으니 이토록 비감한 일이 없다.

자연언어가 자신을 이 정도로 드러내 보일 수 있는 것은 이 무의지적 물질 내에서뿐이다.

과거가 이리 위대했던 적이 없다. 빛보다 더 깊고, 더 시린 적이 없다. 깊은 산중의, 심연의 빛. 양각(陽刻)이 이토록 비난받은 적이 없다.

제35장

:

　인간이 그것을 따르기도 훨씬 전에, 새들이 그 위를 날고 꽃들이 그 둘레를 수놓기도 훨씬 전에, 구불구불 흐르던 강이 있었다. 비밀스러운 전통이란 역사 시대를 빌어 흐르지 않는다. 그것은 그 자체의 비밀스러운 분배에서 비롯되어 중계 없이, 역사 이외에서, **시간의 샘** *fons temporis* 속에서 다시 치솟는다.

제36장

:

수은은 단단하고 농밀하며 잘 달아나는 광물이다.

물질계만이 단절하면서, 죽어가면서 더 단단해지고, 더 파이고, 더 잘리고, 더 성적이게 된다.

쓰는 것은 말하는 것보다 이 물질계에 가깝다.

쓰기는 수은보다 더 농밀한 물질이다. 내 속을 드러낼 때마다 나에게서 멀어지는, 그림자 속으로 달아나는, 소리쳐 부르지만 정녕 놓아주어야 하는 어느 얼굴을 나는 쓰며 애타게 부른다.

제37장
:
사후 혹은 여파

과거는 사후 혹은 여파 후에나 과거가 된다.

제1고리와의 연쇄성을 만들어내는 것은 제2고리로, 둘 사이에 섭동(攝動)이 생김으로써 그러한 성질을 띠게 된다.

과거라는 차원은 현재 때문에 회고적이 된다. 성(性)과 관련한 발생적 원리를 보아도 원천은 늘 **부재로** *in absentia* 현재는 생기는 것이지 결코 개념이 아니다. 우리의 생일은 결코 우리들의 기원 잔치가 아니다.

*

바빌론에 추방되었던 고대 히브리인들의 유배는 기원전 587년부터 538년까지 지속되었다.

엄밀한 의미로, 유대교는 이 유배 이후부터다.

두 시간의 관계, 그것이 시간이다.

시간은 사후 작용, 여파다.

538년 칙령(1948년 국어로 되돌아오기 전)과 함께 유대인이 자신을 상실했듯. 귀환이 귀환 자체에서 파국을 맞듯. 인간의 시간은 돌이킬 수 없는 사별의 고통을 겪는다. 인간의 시간은 임신의 여파로 돌이킬 수 없는 현현(혹은 탄생)을 겪는다. 성교기가 태아기와 맞물리지 않으며, 태아기가 출산기와 맞물리지 않으며, 출산기와 실낙원은 더더욱 아무 상관이 없다. 이런 것이 기묘한 시간 구조다.

*

쓰기는 언어의 문맥을 자른다. 집단에 고유한 힘의 역학 관계 속에, 사냥 느낌 속에 완전히 젖어 있는데, 소리를 분절한 것에 불과한 글자로 소리를 적는 통에 산통이 깨진다. 쓰기로 단절이 생긴다. 방금 전만 해도 구분이 없고 연속적이던 대화가 쓰기로 분산된다. 쓰기는 유예이며, 이월이며, 안식년이다. 종신적·망상적·망언적·환상적·가공적 딴 세계다. 쓰기는 분절법이다. 분절법의 고안은 시간차를 사전에 전제해서인데, 가령 언어의 **시제화**temporisation도 그것이다. 인간은 공간에서처럼 시간에서도 뒤로 물러날 수 있다. 온갖 "시간 간격들(시퀀스, 환상, 드라마, 축제)"을 협상할 수 있다. 이 강박적 안달을 덜어줄 도구를 장만할 수도 있다. 유희를 늘리기 위해 시각들을 이동시켜 시간화할 수 있다. 이를 확실히 해두기 위해 기간을 표시할 수 있다. 붉게 달아오르기 위해 기다림을 더 깊이 팔 수 있다. 명상하기. 금욕하

제37장

기, 아니 황홀경을 누리기.

시(時)는 시간(時間)보고 마음대로 알아서 하라 한다.

*

하데비치[1]는 창조된 그 모든 것보다 더 위에 있는 것은 쓰기이며, 쓰기보다 더 위에 있는 것은 순간, 순간 무감각이 되는 정신의 쇼트사고라고 했다. 잃어버린 것의 뿌리에서 잃어버린 것을 되찾는 정신의 쇼트사고.

투시, 해독, 개안.

투시의 해독.

해독의 개안.

떠도는 행성들이 글자 사이로, 원자 사이로 흘려보내는 은밀한 비밀을 투시로, 해독으로, 개안으로 한번에 깨닫는다.

중계자 없이, 전광석화처럼,

한번에 흐른다.

---

[1] Hadewjich: 13세기 초 네덜란드 베긴 교단의 여신도. 당시 여성으로서는 드물게 라틴어를 알았던 것으로 보아 귀족 출신으로 보인다. 신에 대한 지극한 사랑을 신비스럽고 아름답게 묘사한 글을 썼다. 쓴 시들을 감추어두었기에 사후에야 그 시들이 알려지기 시작했다. 특히 신의 현존을 직접 본 듯 묘사한 「투시」가 있다. 이를 소재로 한 브뤼노 뒤몽의 영화 「하데비치」(2009)도 있다.

제38장
:
현재

현재를 파악하겠다는 생각을 나는 그만두게 되었다.

분출 운동으로 튀어나온 파편 하나로 어찌 기준을 삼겠는가?

생각 자체가, **인식** noèsis 자체가 **현재** présent/praesentia를 생각하지 않는 이상 나 역시 더 이상 생각할 수는 없는 현재. 현재란 튀어 오른 한 부분, 잡히는 한 부분이다. 그러나 현재는 벌써 옛날이다. 잃은 것이다. 잃은 것을 없는 것으로 갈구하며, 그 허기를 파고, 그 꿈을 연장하고, 그 환각을 늘리고, 그 기다림을 더 기다리게 하고, 도약의 탄력성을 주시하면서도 부동시키고야 마는 처절한 상실이다.

두번째는 생각하지 않는다. 시간의 확장이란 오히려 낮의, 밤의, 주의, 계절의, 임신기의, 유아기의, 성숙기의, 부패기의, 후회기의, 세포 노화기의, 초조기의, 욕망기의 확장이다.

*

모든 신화에 나오는 환상이 현재라 부를 만한 것이다. 태생동물로서는 태생적 과거에 호소하는 일이다.

수천 년 전이라 기억에도 가물가물한 털을 떠올리느라 갓난아기는 태어나면서 주먹을 꼭 쥔다.

*

변한 것과 변하는 것의 관계는 연속적이며, 지속적이며, 늘 박동이 있고, 이원적이다. 온 것을 서서히 죽이고, 오는 것을 잡아먹는다. 문장을 완성하고, 박자를 채운다. 파편들, 원자들 말고, 각 장(章), 스토리 덕분에 지나서 온, 아니 그 탓에 죽어간 것들을 그냥 어쩔 수 없이 내버려두면서.

*

'~이다'와 '~라고 생각하다'는 같지 않다. 그리스의 파르메니데스는 두 가지가 **동일한 것** to auto이 아니라고 했다. 키케로의 번역어에 따르면 **같은 것** idem이 아니다. 실물을 '있는' 것, 비상징적인 것, 불가분한 것이라고 보면 그 실물을 생각하는 것은 그 실물 자체와 같지 않다.

같지 않은 것으로의 변질이 시간.

비동일화가 시간.

제38장

*

만일 지각(知覺)이 진짜 현재의 포착이라면, 그리고 현재가 시간의 차원이라면 우리는 그 연속도, 그 속도도 지각할 수 없을 것이다.

예언(豫言)과 후언(後言)이 거의 구분되지 않는다.

언어로 설(說)을 세우는 것들(계보학, 역사학, 사회학, 우주학, 지리학, 생물학)은 아직 있지 않은 것을 오게 하기 위하여 이전의 것을 추론하는 일이다. présence(현존)라는 단어는 présexualité(성행위 이전)와 관련되며, 모태라는 옛집에 대한 향수와도 관련되는 '옆에 있음'이라는 뜻이다.

라틴어로는 *contrectatio*(접촉),

영어로는 *homing*(귀소)이다.

*

태어나는 것은 그 기원과 공시적이지 않다.

유적vestige과 탐구investigation는 같은 얼굴이다. 제 나온 구멍 앞에 있는 아이, 자연 앞에 있는 물리학자. 우리가 버리고 나온 것은 절대 우리를 버리지 않는다.

무궁한 유적을 앞에 둔 버릴 수 없는 탐구.

제38장

*

 죽음의 출현 시각, 허기의 환각 시각, 욕망의 환상 시각, 꿈의 시각 등은 **에르사츠**(*Ersatz*, 대용품)를 시간적으로 정의한 것이다. 에르사츠의 시간에서는 과거가 이내 사라지면서 온다. 있었다. "맹세컨대, 분명 있었어." 여기 있기 전, 분명 한 세계를 띠며 거기 있었다.

*

 원래(元來)는 임박과 과거라는 이중 차원을 갖는다. 현재는 현존이 없다.
 유토피아[1].
 왜 '~이다' 일 수 없는가?
 왜냐하면 '~였다'이기 때문이다.
 자궁의 거처는 이 거처 없는 거처다(지상이 아닌 주머니). 하지만 이 거처 아닌 거처에서 우리 모두는 살았다. 우리 육신이 암시하는 장면이 곧 유토피아다. 이 장면은 우리가 볼 수 있게 된 이후 우리가 볼 수 있는 세계에는 어디에도 없다. 하지만 우리는 그 장면의 결과물이고 우리는 거기서 왔다.

---

[1] Outopia/Utopia: 그리스어 'outopia'가 어원인 유토피아는 '~이 없다'는 탈격 접두사 ou와 곳, 장소를 뜻하는 topia/topos의 조합이다. 결국 '있지 않은 곳'이라는 뜻이다.

제38장

*

섹스, 찢어짐. 시원의 심연. 모든 시간들이 모든 자리들이 다 찢어지는 출산의 출산물. 머리는 양순(兩脣)이어야 나온다.

찢어지는 두 음순, 찢어지는 두 낱장.

*

차원 *dimensio*으로서의 시간은 **이완** *distentio*으로서의 2차 시간이다. 시간은 이완으로 해체된 혹은 언어로 분할되어 대립된 사건들 혹은 대상들을 하나로 만드는 연속선이 된다. 이 연속선 시간은 대기권 생(生)의 생물적 낙담에 답한다. 필요 혹은 욕구와 보상 혹은 쾌감 사이의 다소 계산 가능한 차이를 인정하며 해소할 뿐이다. *Capere*는 '잡다'라는 뜻이다. *Ceptio*, 즉 포획은 포식자들을 모방하는 포식자인 우리 인간에게는 훨씬 광범위한 의미다. 지각per-ception은 예감anti-cipation의 도움을 노리는 이상 낙담 속에서도 파낸다. 늘 포착이 문제다. 손을 뻗어 움키어, 쥐어, 잡는 것이 문제다. 억류, 그것이 관건이다.

*

실재란 무엇인가?

제38장

언어가 그것을 명하는 순간 **침묵해버리는** 외적 세계의 극을 어떻게 "명명할" 수 있을까?

그것은 1월 초, 카르나크에 늘어서 있는 암석들 동편에서였다. 비가 내렸다.

브르타뉴 해안 지방의 그 빗속에서 내가 볼 수 있는 한 본 것이지만, 강물이 줄어든 통에 드러난 가여운 플라스틱과 쇠붙이들.

시간은 물리적 실재 속에, 그러니까 제방 그 어디 남는 빈자리에 거처하지 않는다. 시간은 그저 조수 혹은 강수량의 증가다. 세계의 현재는 기원이 흘러 닿는 강기슭이 아니다.

세계는 시간이 남기고 간 쓸쓸한 자리이다(**물러난** 시간).

마찬가지로 세계는 현실에 대한 아쉬움이라 정의될 수 있다. '~이다'에 대한 **노스토스** *nostos*.

'그거'라고 언어로 말할 때 사물은 더 이상 그것이 아니다. '거기'는 더 이상 옛날의 '여기'가 아니다.

나타나지 않는 장면이 장면으로, 현현된 세계는 그 장면을 내포하지 않는다. 공시성으로서의 시간을 밟지 않는 장면. 우리 몸은 여전히 모르는 공기, 그 공기가 양극식의 기호 형태로는 절대 분명하게 표현하지 않는 그 장면.

제39장
:
그래도 밤이어라

성 요한은 말했다.

나는 흐르고 달리는 샘을 안다.

이 숨겨진 샘을, **비록 그것이 밤 속에 있다 한들**, 하늘과 땅은 마신다.

제40장
:
꿈

첫 여행은 태어나기다. 새벽꿈은 여행이다. 자궁 속과 빛 속 사이 왕복, 옛날과 지금의 왕복.

눈꺼풀을 들어 올린다. 눈을 뜬다.

*

각성 시 뇌의 활동은 빨라지고, 전역이 비동기화되어désynchronisé, 주파가 뒤엉키며, 언어적 활동상을 보인다.

우리가 수면 중 혼절해 있는 동안에도 두 시간대는 격렬하게 교대하며 생을 진행시킨다. (1) 정수면. 뇌의 활동이 느슨하고, 느려지며, 동기화된다synchronisé. 뇌의 파동이 진정된다. 호흡 및 심장 박동, 근육 운동이 점차 느려지며 거의 치명적인 감속 지점에 근접한다. (2) 역설수면. 느린 뇌의 파동이 사라지고, 뇌의 활동이 다시 빨라지며 뇌의 파동이 완전 비동기성이 된다. 각성 때보다 훨씬 격렬하게 동공이 사방으로 움직이며 연속적 영상물을 본다. 음문이 열리고, 페니스가 선다. 숨이 가빠진다.

제40장

인간에게 휴식이란 뇌 파동의 거의 치명적인 진정 상태다.

*

영혼에 고유한 비극적 가치란 '너무 늦었어'와 '일이 터진 후'이다.

냉소적인, 형제 살해적인 우리는 성회를 잘 못 느낀다. 꿈도 잘 못 꾼다.

욥을 읽고 프타호테프[1]를 읽으면 여명 속에 세계는 벌써 늙었다.

눈먼 오이디푸스는 배회하고 방황한다.

영웅적 가치. 우리는 샘물처럼 원천이다. 화산처럼 분출한다. 신생아처럼 피범벅이다. 우리는 욕망한다. 우리는 세기에 세기를 거쳐, 시간에 시간을 거쳐 트로이 전쟁을 다시 치른다. 시간마다 모든 것이 새롭다. 봄은 매번 아름답다. 꽃은 새처럼 공기 중에 황홀지경으로 시간의 어떤 움들보다 더 이탈적으로 터진다.

*

열에 들뜬 혹은 불안한 내적 흥분, 거의 성적이고 광적인 비동

---

[1] B.C. 2400년경에 활동한 고대 이집트 사제. 『프타호테프의 금언』은 최초의 이집트 지혜서다.

기성, 거의 치명적이고 텅 빈 재동기성, 허한 두개골, **부재하는** 이미지들, 시간의 조직기관이 그렇다.

*

외부 세계와의 재소통은 느린 뇌파 단계에서다. 저 먼, 저 안의 밤에 가서 닿을 듯한, 거의 코마 상태의 완전한 깊은 단절. 언어적·공동체적 대립들, 생물적·성적 갈등들이 저폭의 낮은 주파수로 하계의 경계에 닿을 것처럼 완전한 진정성의 희미한 파동이 될 때까지 줄어든다.

*

옛 호주인들의 신화에서는 동굴에 들어가기, 죽기, 잠들기, **남근**phallos 되기가 같은 성격의 일이었다.

영웅들은 꿈속의 사내들 혹은 남근자들 혹은 상시 출원자들 혹은 **지금 있는 자들**Ljata nama과 반대되는 **옛날부터 있었던 자들**Inanka nakala이라 불렸다.

대립은 양극적이나 또한 시순적(時順的)이다. '~한다'의 시간은 그것이 유래한 '~했었다'의 시간에 근원을 둔다. 침묵의 세계가 있는가 하면 그 앞선 흥분의 세계가 있다. 그러니까 맥박이 뛰고, 페니스가 섰다가 풀리는. '~하다'라는 기본형에는 '~해왔다(반

제40장

과거)'를 항상 꿈꾸느라 그것을 떠나지 못하는 '~한다'라는 현재형이 있고, 그 현재형 뒤에는 또 과거진행형이 버티고 있다. 왜냐하면 '~해왔다'에는 '~한다'에는 없는 흥분감이 있기 때문이다. 설화와 신화도 이렇게 구분된다. '옛날 옛적에 그랬다'를 호주식으로 하면 '~그랬다가 그랬다'가 된다. 그것은 꿈의 시간이며 몽정의 시간이며 항상 발기해 있는 토템의 시간이다. 모든 신화의 줄거리는 잠자리에 들어 잠이 드는 사내로 끝난다.

다시 말해 폭력 속으로 들어가 역설적 청춘에 안착하는 영웅이다.

*

『오디세이아』 제5장은 이렇게 시작된다.

페아키아 섬 해안가에 오디세우스는 알몸이다. 난파에 쓰러져 지쳐 잠이 들었다.

제13장은 페아키아인들이 배웅하는 오디세우스다. 오디세우스는 **또 잠들어 있다.**

흥분과 평상심을 대조할 필요가 있다. 허기와 포만. 환각하고, 욕망하고, 갈구하고, 아우성치고, 노래하고, 찢어지는 허기, 그 한가운데에서의 이완, 그리고 균일. 무력한 상태가 될지언정 그 어떤 수단으로든 전면적인 반복과 맞서기.

제40장

*

꿈은 그 자체로 불가능한 공존을 부른다.
꿈은 현재한다. 현재함으로써 부재한다.

*

성 바울은 시간의 양극은 **티포스** *typos*와 **안티티포스** *antitypos*로 대척하고 있다고 썼다.

라틴어로는 분명 이렇게 썼을 것이다. 기억의 한가운데서 동과 서는 **이마고** *imago*와 **세르모** *sermo*로 대척하고 있다.

무의지적 영상과 환각적 음성 사이에 마지막 왕국이 있다.

항시 상차(相差)되는 두 양극 간의 쉼 없는 긴장.

심연 같은 시간.

긴장, 상차, 관계, '순간적' 양립 등으로 부를 수 있다. 존재론적 차원의 형태(현재)로 이 순간을 괴어볼 수 있다. 하지만 내가 이것을 가지고 무엇을 할 수 있는 것은 아니다. 이 대립적 양극성은 인간의 역사보다 더 크다. 우주의 폭발에 속한다. 폭발하며 허공에 터지며 찢어진다. 이 한순간을 부동성의 점처럼 떠올려볼 수 있다. 혹은 어떤 사면(斜面)에 그나마 안정적으로 머무는 형체를 떠올려볼 수 있다. 나는 3차원적 시간에 대한 철학적 신비화는 버린다. 2차원의 언어 시간은 상시적 대립의 긴장 상태다. 타격의 여파로 휴전도 없이 분열된다. 죽은 지점에서 시작해 끝없이 이동한다. 평화는 없다.

*

발화를 하는 것, **나**를 말하는 것, 시간을 점하는 것은 모두 같은 일이다. 의식과 발화된 내적 언어가 구분이 안 되는 것처럼. 그리스어로 이를 다시 말해본다면, **로고포리***logophorie*는 **크로노테스** *chronothèse*를 야기한다. **나**라는 주어의 작동과 함께 언어가 잡히는 순간, 그 말하는 순간이 자동 지시되고, 언어가 대화라는 두 항 체계로 들어오는 순간, 또 말하는 순간을 지시하게 된다.

엄격히 말해 순간이란 언어를 구두로 말하는 일에 다름 아니다. "나" 하고 말하는 건 한순간이다. 그러나 그 순간은 길다. 숨을 불어 그 단어를 토하는 날에 이르기 위해 대기 중에서 18개월 이상을 살아야 했다.

찰나는 영겁이다. 임박한 것이 아니기 때문이다. 비동기, 비중첩, 어긋나기, 경과, 지연, 결코 근원적이지 않은 것과는 다른 것, 실낙원과는 끝없이 다른 것.

다 더해진 지금에는, 아니 바로 이 지금에도 9개월 + 18개월이 들어 있다.

*

제40장

불은 타면서 올라간다.

*

허공(그리스어로는 **심연**abyssos과 같은 말)에 튀어나온 절벽(그리스어로는 **문제**problèma와 같은 말) 꼭대기에 우핑턴의 기념마[2]가 있다.

---

2) 영국 옥스퍼드셔 지방 우핑턴 캐슬 근처 어느 백악질 산 꼭대기에 말의 골격 모양을 한 신기한 하얀 선이 나 있다. 길이가 123미터나 되며 하늘에서 내려다볼 때만 그 전체 모양이 드러난다. 최근 조사에 따르면 그런 말 모양이 처음 형성된 것은 B.C. 1000년경이다.

제41장
:
우핑턴의 말에 대하여

시간은 뛰는 말이다.

어떤 인간도 그 말을 멈출 수 없다. 왜냐하면 죽음을 향해 뛰기 때문이다.

어제에 도착하기 위해 모두 오늘 출발한다.

도착하지 않기 위해 도착하는 문제이다.

제42장
:
습관성에 관하여

의존은 옛 쾌락에 대한 참을 수 없는 향수이다. 어서 빨리 흥분을 되찾기 위한 몸살.

즐겼던 쾌감의 돌연한 반복, 사지를, 몸을, 뇌를 관통하는 섬광 혹은 에르사츠 혹은 빛의 시간적 효과를 즐기기. 몰려오는 쾌감. 인류를 지배한 격정의 황홀경, 저 멀고 먼 시대의 유혹.

*

전설 시대(구술꾼들이 구술하는 시대)는 무질서의 극치와 풍요로움의 극치의 한중간에 있다.

*

전설 시대에는 역사에 고유한 원초적 장면들이 있다.
반란자들.
태풍을 몰고 올 혁명들.

제42장

뚫을 수 없는 숲.

전락 전날의 에덴동산.

시간의 행진.

제43장
:
플라오 공작부인

프랑스 문학사에서 플라오 공작부인[1]은 18세기의 향수의 작가다.

수자 부인이라는 필명을 쓴 그녀는 마법의 지팡이 하나로 끔찍한 18세기를 황금시대로 바꾸었다.

부인은 앙시앵 레짐을 파라다이스로 바꾸었다.

부인은 모르니 공작의 조모였으며 미시의 고조할머니였다. 콜레트가 미시를 껴안을 때 이 고조할머니의 일부도 껴안은 것이다.

1793년 런던에서 나온 『아델 드 세냥즈 Adèle de Sénanges』의 첫 행은 이렇다. 나는 다만 삶에서 보지 않는 것을 보여주고 싶었다.

---

[1] La Comtesse de Flahaut(1761~1836): 처녀 때 이름은 아델라이드, 1779년 자신보다 36살이나 연상인 플라오 공작(당시 군사령관, 원수이자 국왕 내실 시종관)과 결혼하였다. 부부는 루브르궁에 거처하였으나, 당시는 혁명 발발 전의 정치적 격랑기로, 아직 스무 살도 안 된 공작부인으로서는 당시의 정치적 상황을 판별하고 즐기기에는 너무 어린 나이였다. 이즈음 『아델 드 세냥즈』라는 소설을 쓰기 시작한다. 소설은 자신보다 훨씬 나이 많은 남자와 사는 한 젊은 여자의 또 다른 남자와의 이루어질 수 없는 사랑 이야기를 담고 있는데, 라파예트 부인의 『클레브 공작부인』과도 흡사하다. 이후 남편과 사별한 뒤 포르투갈 출신의 귀족 부자이자 역시 혼자가 된 호제-마리아 드 수자를 만나 재혼하면서 수자 부인으로 불렸다.

제44장
:
사랑의 손수건

　　1262년 원정이 끝나고 부르고뉴 공작은 모든 궁정 신하들이 보는 앞에서 보드레 기사를 치하했다. 공작은 부대 가운데 가장 기동력 있는 기마 사수단의 지휘권을 보드레 기사에게 수여했다. 어느 겨울 늦은 저녁, 보드레 사수단은 베르지 읍에 당도했다. 작인들, 소작인들을 위협하거나 공포감을 주지 않고 전 사병들이 이들 집에 기숙하며 숙영하기를 원하였다. 부하 두 명을 대동하고 보드레 기사는 말에 올라탔다. 성주인 남편이 부재중인 이상 성주의 의사에 분명히 반하는데도 베르지 부인[1]은 이들의 청을

---

1) 키냐르가 에밀리 브론테의 『폭풍의 언덕』과 함께 가장 아름다운 사랑 소설이라 손꼽는 『베르지 성주 부인 La Châtelaine de Vergy』(1288)의 이 주인공은 실제 인물일 수 있다. 이 부분은 소설에 나오는 내용은 아니다. 소설에서 베르지 성주 부인은 부르고뉴 공작의 친구인 한 기사를 보고 사랑에 빠진다. 두 사람의 사랑은 절대 비밀에 부쳐져야 한다. 베르지 부인은 완전한 사랑을 위해 기사에게 이 비밀성을 격렬히 요구한다. 부인이 과수원 뜰에 개 한 마리를 풀어놓으면 그것이 곧 들어와도 좋다는 신호가 된다. 그런데 부르고뉴 공작부인 역시나 이 기사를 사랑한다. 자신의 사랑을 받아주지 않는 기사에 대한 원망으로 그 기사가 자신을 사랑한다고 고백했다고 남편에게 거짓으로 말한다. 이 오해로부터 벗어나기 위해 기사는 절대 말해서는 안 될 그 비밀을 말한다. 비밀스러운 공모의 파괴에 절망한 베르지 부인은 슬퍼하다 죽는다. 기사 역시 자살한다. 친구를 잃게 만든 부인의 거짓말에 분노한 부르고뉴 공작은 부인을 죽인다. 키냐

제44장

들어주겠다고 했다. 보드레 기사는 베르지 부인의 서늘한 환대에 음울한 감사를 드렸다. 그리고 두 사람은 서로를 보기 위해 눈을 들어 올렸다. 눈길을 찾을 것도 없었다. 바로 맞았다. 흠칫 놀랐다. 사랑에 빠졌다. 부하들이 저녁을 준비하느라 분주한 동안 두 사람은 상대를 향해 몸을 돌리지 않고는 안 되는, 눈으로 상대를 확인하지 않으면 안 되는 이상한 호기심에 여러 번 무너졌다. 밤이 되었다. 보드레는 부인을 계단 벽에 밀쳤고, 부인은 거부했다. 보드레의 성기가 섰다. 부인은 옷 밑으로 그것을 느꼈다. 보드레가 부인의 엉덩이를 세게 끌어당겼다. 부인이 말한다.

"남편이 없어요."

보드레는 손을 들어 올렸다. 그리고 그의 몸 어디 하나 부인 속에 넣지 않고 하겠다고 맹세했다. 부인은 그래도 거부했다. 두 사람은 서로 붙이고 있는 아래만 벗은 채, 마주 낀 손가락으로 절정에 올랐다. 그때 굵은 액체 덩어리가 부인 발밑에 떨어졌다.

부인은 자신의 손수건 한 장을 꺼냈다. 그리고 닦았다. 이어 자신의 손가락을, 보드레의 손가락을, 그리고 그의 성기를 닦았다.

보드레는 그 손수건에 다시 한 번 쏟았다. 둘은 껴안고 잠이 들었다. 자신이 한 행위와 동작을 새삼 확인하듯, 부인은 보드레가 잠들어 있는 동안 손수건에 고이 싸여 있던 보드레의 성기를

르는 『은밀한 생』(제20장 '베르지 부인')에서 제3자인 타자도("우리 둘이만!"), 언어도, 고백조차도 배제한 절대 공모적인 사랑에 대해 말한다. "사랑하는 자의 이름을 입 밖에 내지 않은 채 사랑으로 인해 죽는 것, 그런 것이 진정한 사랑이다."

쥐었다. 새벽, 보드레는 다시 한 번 손수건에 쏟았다. 그리고 떠났다. 손수건은 말라 뻣뻣해졌고 거기서는 묘한 냄새가 났다. 베르지 부인은 이 사랑의 손수건을 다른 손수건에 싸서 그 위에 분홍실로 V자를 수놓은 다음 자신의 드레스 안주머니에 고이 집어넣었다.

두 달 후, 부인은 그 계단에서 떨어졌다. 그리고 세상을 떠났다.

제45장
:
그리즈라 불린 여자 이야기

타파는 타히티의 영주가 되자, 그리즈라는 이름의 공주와 결혼하였다. 그리즈의 긴 검은 머리는 그녀의 몸을 타고 발끝까지 흘러내렸다. 둘은 서로를 알아갔다. 사랑하였다. 타파가 출타한 사이, 그리즈는 세상을 떠났다.

타파가 여행에서 돌아왔다. 배에서 내려 해안가 모래밭에 발을 디디는 순간 이미 아내가 죽었음을 알게 되었다. 아내를 따라가겠다고 울부짖었다. 목을 그었다. 우포루에서 30킬로미터 떨어진, 죽은 혼들이 천국으로 가기 전 모이는 곳이라는 타타아로 갔다. 이어 파에아에 도착했지만, 아내는 벌써 로투이 산으로 가고 없었다. 타파도 급히 로투이 산으로 갔다. 산꼭대기까지 올라갔지만 아내는 없었다. 절망하지 않고 다시 배를 탔다. 라이아테라에 도착했다. 테메하니 산을 올랐고, 두 길이 갈라지는 곳에 이르렀다. 길을 지키고 있던 투타에게 그리즈가 이곳을 지나갔는지 물었다. 투타는 아니라고 했다. 아마 절벽에서 몸을 날리기 전 근처 숲에 숨어 기운을 차리고 있을 것이라고 했다.

타파도 근처 숲에 몸을 숨겼다. 숨을 가다듬고 기다렸다. 어디

제45장

서 나뭇잎 흔들리는 소리가 들렸다. 타파는 신령님이 자기를 부르는 소리라고 생각했다. 눈을 크게 뜨고, 몸을 웅크리고, 튀어나갈 준비를 했다. 그때 타파 앞에 아주 높고 기이하게 생긴 그리즈를 닮은 조각상이 나타났다. 그리즈는 절벽을 향해 뛰어가고 있었다. 아내가 생 바위로 변해 날아가기 전 타파는 얼른 몸을 날려 아내의 머리를 낚아채었다. 아내의 머리는 어마어마해서 머릿속에 주먹을 날려서야 겨우 붙잡을 수 있었다. 그리즈는 발버둥을 쳤다. 타파는 그리즈를 부여잡고 거의 생 바위가 다 되게 생긴 몸에서 끌어냈다. 이때 투타가 달려왔다. 그리고 그리즈에게 말하였다. 이승을 떠날 시간이 없다고. 오히려 돌아가야 한다고. 하여 그리즈는 몸을 돌렸고, 자기 머리를 붙잡은 사람이 누구인지 알게 되었다.

"아, 당신이었군요."

그리즈는 남편의 가슴에 머리를 묻었다. 두 눈을 감았다. 울었다. 두 사람은 숲에 숨어 살았다. 다시 태어났다. 이승의 끝에 사는 것처럼. 사회적·가족적 삶에서 멀리 떠났다. 기쁨이 충만했다. 사랑했다. 손을 잡았다. 허공의 경계인 벼랑가를 거닐었다.

제46장

근원으로 돌아가기 위해 강가를 따라가는 자들이 있다. 그들은 산을 탄다. 고독한 야수를 만난다. 경이로운 여인을 발견한다. 발톱에 달과 태양을 움켜쥐고, 먹이를 틀어쥐고, 제 피로 뒤덮기 위해 처절한 꽃과 깎아지른 절벽 사이를 직하하는 독수리들이 제 동지라고 주장한다. 그들은 갈라지는 지대를 염탐한다. 염소나 곰 들은 접근 불가능한 동굴 속에 머문다. 밤도 하늘도 두려워하지 않는다.

그들 대부분이 창공을 홀연히 떠다니다가 바닷속으로 처박힐 듯 직하하다가 수면에서 돌연 선회한다. 태양이 일 년에 두 번 그러듯이.

그들은 역류한다.

역류하는 강물이 있듯 원심적인, 역류적인 자들이 있다. 원래부터 반중심적이고, 반향락적이고, 반사회적인 자들이 있다. 산(山) 사람, 사슴 사람, 샘 사람.

제47장

:

니체는 연어 인간이다. 별들이 갈망하듯 날짜를 거슬러 올라가는, 역행적인, 전복적인, 영원히 전복적인.

태평양 연어는 산란하기 위하여, 죽기 위하여 3천2백 킬로미터를 주행한다. 3천2백 킬로미터의 **역행**Regressus.

시간을 돌리는 역(逆)증여, 선사(先史)로 가고픈 향수.

왜냐하면 증여란, 과거인 현재란 원 같은 것이기 때문이다.

원무는 마술적 신들림.

음악은 언어에서 시간을 걷어낸다. 언어에서 발현한 직선적인 것, 중지시키는 것, 죽음적인 것을 모두 들어낸다.

원은 과거를 앞으로 오게 만든다. 음악이란 과거를 돌려 돌아오게 만드는 것이다.

팽이, 톱니바퀴, 실패, 물레, 수레바퀴, 회전축에서 부르릉 소리를 내는 모든 회전체들.

지구의 선회.

최면의 현기증.

제47장

*

 아트라 대령[1]은 새벽처럼 양극의 광기를 잃았다.
 연어들처럼.
 황도대를 이동하는 별들처럼.
 앞을 향해 곧장 전진하다 자신을 축으로 하여 스탕코타주로 후진했지만 계속 북쪽을 향한 전진 의식이었을 뿐이다.

*

 슬픔으로 두개골이 빠지게 아픈 지경이 되면, 이제 그만 바보짓 않기로 한다. 순수는 그 입술에서 생기고 이제 아무런 말도 하지 않는다.

---

1) 쥘 베른의 소설 『아트라 대령의 여행과 모험 *Voyages et aventures du capitaine Hatteras*』의 주인공. 소설은 리버풀을 배경으로 '포워드(Forward, 전진)'라는 선박의 등장과 함께 시작된다. 북극해 원정을 위한 선박임에 분명하나 선박 구석구석 묘연한 것들이 많다. 선원들은 배의 최종 목적지를 알지 못하며, 선장도 없고 선장이 누구인지조차 모른다. 빙산이 선박을 위협할 무렵 진짜 선장이 나타난다. 그의 이름은 아트라 대령이다.

제48장
:
해피엔드에 대하여

갔다 돌아오는 화살이 사냥꾼의 머리에서 떠나지 않는다. 그런 화살을 착상하자는 것이 아니다. 그런 화살을 만드는 것은 불가능하다. 날아갔던 화살이 돌아올 수는 없다.

고대 중국 신화에는 활시위를 떠난 활과 관련한 고사가 매우 많다.

호주와 북아프리카에는 부메랑과는 다른 발명품이 있다. 사냥개가 그러듯 사냥꾼 발치로 돌아오고야 마는 무기.

구석기 시대 동굴 벽화에는 들소의 목이 뒤로 꺾여 있고, 공작의 눈은 뒤를 바라본다. 태양의 복귀를 응원하느라.

사냥을 떠나기, 죽이기, 돌아오기, 사냥감을 가지고 돌아와 집단에게 사냥 이야기를 해주기.

원래 세 가지 도식이 있다. 죽이기, 돌아오기, 말하기. 이것은 모두 같은 것이다. 말하는 것, 그것은 패하는 것이다. 패자 부활하는 것이다. 귀환하는 것이다. 증거를, 제3의 죽은 사냥감을, 부풀려 들려줄 이야기를 가지고 사냥에서 돌아오는 것이다.

샤먼의 관건은 아주 멀리 가는 것이 아니라, 완전히 가는 것이다. 영영 가는 것이다(마약처럼. 죽음의 위험을 감수하는 신들림처럼). 샤먼에게 주어진 문제는 돌아오는 것이다. 그러기 위해서는 보조가, 지표가, 횃대가 필요하다.

샤먼처럼 사냥꾼——인문 사회에서 가장 전문화된 두 직종——한테도 가던 길을 되돌아올 방도가 있어야 한다.

*

신화 마지막 장의 마지막 장면은 반드시 긍정적이다. 이 규칙은 거의 예외가 없다. 모든 이야기는 생존자를 전제한다. 이것이 **해피엔드** *happy end* 개념의 바탕이다. 모두에게 이야기를 해주려면, 시련에서 돌아와야 한다. 만일 포식자가 먹은 것이 먹이라면, 만일 샤먼이 신들림 혹은 신 내림 중에 혼절했다면, 만일 민족이 몰살당했다면, 술회할 수 없으므로 이야기는 없다.

죽은 희생자들은 이야기가 잘못 끝난 것이라고 말할 수 없다. 죽어 없으니 이야기는 구술조차 되지 않는다.

이야기의 끝은 체험한 것을 말하는 것이다(사냥도 이것이다. 신 내림도 이것이다. 정신과 상담도 이것이다).

할 수 있음-돌아옴-말함과 반대되는 것은 무엇일까? 죽음(신 내림의 경우 정신 나가기).

무훈을 실현하는 것이 아니다. 전쟁을 이기는 것이 아니다. 사냥을 끝내기 위해 업무를 해결하는 것이 아니다. 경쟁을 끝내는 것이 아니다. 전쟁을 끝내는 것이 아니다.

끝은 되돌아와서 말하기이다.

*

아름다움과 슬픔의 심연이 구분되지 않는다.

*

삼시(三時)가 구분된다. 체험, 귀환을 위한 반회전, 체험된 것을 건설해야 하는 집단 내부 조직에게 그것을 말하기.

이런 연유로 말하는 내용의 시간은 **항상 과거가 된다**. 말하기를 지배하는 것은 체험 때의 시간이 아니라, 집단 속으로 돌아온 후 그 집단 없이 한 체험을 말할 때의 시간이다.

정리 1. 왜 모든 이야기는 불행에서 시작하는가? 왜냐하면 모든 이야기는 죽음의 이야기이기 때문이다. 동물이건, 인간이건.

정리 2. 왜 모든 이야기는 행복한 결말로 끝나는가? 모든 이야기는 일종의 의기양양 속에 완성된다. 왜냐하면 죽인 기쁨, 아직도 살아 있는 기쁨, 말하는 기쁨이 분간되지 않기 때문이다.

제49장
:
구석기의 죄책감에 대하여

태아는 어미를 먹는다.

사냥꾼은 맹수를 먹는다.

구석기의 죄책감이란 자기보다 더 강한 것을, 자기보다 더 살아 있는 것을 먹는 데 집착해서 생기는 우울한 기분이다.

사냥의 피로 얼룩진 손, 죽음에 처한 먹이가 복수해올 것을 예감한다.

제 것 아닌 몸 안에서 매번 물어뜯기를 할 때마다 자책감이 퍼진다.

자기 배설물 먹기, 식인, 식인 축제. 과거를 먹는 인간.

인간은 태고에서 과거를 훔친다.

*

"옛날에 인간은 아직 동물이었다"라는 말은 "자연언어 이전의 짐승은 아직은 인간들의 반대어가 아니었다"라는 말로 풀이될 수 있다. 짐승은 짐승이 아니었다. 한때는 서로 구분이 없었다. 요리도, 교환도, 혼인도, 장례도 없었다. 오직 탐독만이 있었고, 그 실행이 세계를 지배했다. 배회가 눈에, 코에 드러나게 하면서 그것이 없음을 입증해야 하는 것이 분비물이었다.

*

끊임없이 두 시간이 시간 한가운데서 고동친다. 오는 것 속에서 오는 것. 오는 것 한가운데.

두 조용한 생이 언어 접근 행위 이전에 있었다. 시간 조직은 선사의 압력에 밀려 끊임없이 움직인다. 동물 종이 기원이기에 불안한 문화는 끊임없이 공격받는다. 위험 경계가 끊임없이 이동한다. 파열한다. 전운이 감도는 최전선. 묻힌 것이 다 폭발하며, 먹은 것이 다 울부짖으며, 모든 근육들이, 잠겨 있는 신경들이 다 터진다. 다 들고 일어난다.

'지금 우리가 되기 위해 우리였던 것을 매번 잃어버릴 수밖에 없음'이 우리 안에 알 수 없는 것으로 따라다니거나, 거절당한 그 무엇처럼 상주한다. 정체 혹은 역할 혹은 환상 혹은 의식을 숨기고 있는 이 끊임없는 알 수 없는 그 무엇이 시각의 맹점(盲點), 아니 시각의 발원이다. 그것은 포식의 발원이며, 서술 탐색의, 동물학 탐색의, 인간 근원 탐색의 발원이다. 우리는 우리 운명을 도사리고 있는 불안한 것을, 항시 무엇인가에 굶주려 있는 것을 추구한다. 간혹 최상의 경우, 이 초조하고 충동적인 탐욕이 우리

삶을 뚫어버리고, 우리 날들을 쓸어버린다. 영혼의 바닥은 이원적이지도, 동일적이지도, 부정적이지도, 자각적이지도, 일향적이지도, 서술적이지도, 점진적이지도, 상징적이지도 않다. 다만 순환한다. 하늘처럼, 별들처럼, 물질처럼, 생(生)처럼, 자연처럼, 성(性)처럼, 계절처럼. 진짜 **자아**_self_는 가짜 자아다. 너대로 되라. 하지만 될 것이 없다. 우리는 언어가 가리키는 것과는 아무 상관이 없다. 더 나은 것은 **무형**_in-formis_, 그래서 허기, 그래서 **변형** _meta-morphosis_, 그래서 질문, 그래서 **호기심**_curiositas_, 그래서 대담, 그래서 탄력, 도약하다, 출발하다, 발생하다.

*

마르쿠스 아우렐리우스는 칸막이가, 나뭇가지가, 산 능선이 빛을 갈라도 태양 빛은 하나라고 썼다. 꿈이, 환각이, 고유명사가, 인간 언어가 본질을 나누어도 본질은 하나다.

*

시스템에, 공격에, 이중성에, 이원성에 미쳐 언어는 모든 것을 대립시킴으로써 차이의 본질을 변질시켰다.

남자와 여자, 어머니와 아들, 붉은 것과 흰 것, 혈액과 정액, 살과 뼈, 삶과 죽음, 자궁과 무덤. 상극하는 것에 생(生)이 있다.

제49장

그것은 상생한다.

주석. 더 이상 미분되지 않는다. 모든 것을 대립시킴으로써 모든 것을 이원화한다. 모든 짝을 떼어놓음으로써 모든 것을 상징화한다. 모든 것을 상징화함으로써 모든 것을 갈등시킨다.

언어 탓에 우리는 두 시간의, 두 성(性)의, 두 세계의 피조물이 되지 못하고, 두 시간이 대립하고, 두 성이 탐하고, 두 세계가 대격하는 곳에 서 있는 존재가 되었다.

우리는 두 시간의 갈등, 그 자체의 먹이가 된다. 두 성(性)의 두 부모 밑에서 나온 두 성(性)이 다시 상극하는 이 끝없는 아나크로닉anachronique의 대적(對敵), 아니 결코 가시지 않는 만성적 chronique 호적(好適).

제50장

:

우르바시

밤에는 미동도 하지 않는 요정 우르바시[1]가 푸르라바스 왕에게 말했다.

"하루에 세 번 당신의 몽둥이로 나를 때려주세요. 하지만 절대로 벗은 몸을 보여주시면 안 되어요."

아뿔사! 사계절이 끝나가던 어느 깊은 밤, 벼락이 치는 통에 그만 왕의 알몸이 드러났다. 번개가 남편의 몸을 환히 비추었다. 번개는 동이 틀 때까지 집요했다. 요정은 사라지고 말았다. 푸르라바스는 요정이 도망친 것이라 생각했다.

하여 요정을 찾아 나섰다.

수년을 헤매었다.

어느 날 푸르라바스 왕은 물새들 노니는 호숫가를 지나게 되었다. 물새들을 무심히 바라보았다. 그러다 눈이 크게 떠지고 말았

---

[1] Urvasi: 인도 신화에 나오는 가장 아름답다는 요정. 우르바시는 남자의 마음을 사로잡는 여자를 뜻하기도 하고, 남성의 절대적 욕망을 불러일으키는 존재이기도 하다. 인간 왕인 푸르라바스 왕과 우르바시는 혼인을 하게 되는데, 우르바시의 벗은 몸을 보아서는 안 된다는 조건이 따른다. 이 이야기는 인도의 가장 오래된 문헌인 『리그베다』에 나온다.

다. 한 마리가 어디서 많이 본 얼굴이었다.

우르바시였다. 왕은 얼른 다가가 물었다.

"왜 날 버리고 간 거요?"

우르바시가 말했다.

"당신을 버리다니요. 당신의 벗은 몸을 보았어요. 그래서 나는 오로라가 되었어요. 새벽빛이 되어 날아올랐어요."

푸르라바스가 말했다.

"다시 내게 돌아와요. 아니면 나는 이 버드나무에 목을 매달 테요."

우르바시가 말했다.

"그러지 말아요. 올해 마지막 밤을 저와 함께 있어요. 그런데 특히 제 안에 깊이, 아주 깊이 들어와야 해요."

푸르라바스 왕은 이날 밤 아기 손을 잡고 돌아왔다. 이날을 기원으로 불은 미모사가 되었다.

제51장
:

 깊은 밤 나는 미동도 하지 않고 녹색 덧창 여섯이 달린 하얀 집을 바라보았다. 위층 방에 불이 환하게 켜져 있었다. 아래층의 두 창문도 환히 밝혀 있었다.
 나는 달 아래 하얀 심카[1]를 보았다.

---

1) 피아트 사(社)의 차종(車種).

제52장
:

책을 덮어도 소용없다. 여자를 떠나도 소용없다. 도시를 바꾸어도 소용없다. 직업을 포기해도 소용없다. 산을 올라도 소용없다. 바다를 건너도 소용없다. 국경을 건너도 소용없다. 비행기를 타도 소용없다. 꾸는 꿈에서 빠져나오지 못한다.

제53장
:
'뒤로'에 관하여

최면에 걸리면 몸이 뒤로 넘어간다. 올린 두 팔을 요동치며 당장 바닥에 떨어질 것 같은 인체의 형상은 좀 과장해서 말하면 '작은 죽음(오르가슴)'을 느끼는 자세 같으니 이 죽음에서 살아 돌아올지 어쩔지는 알 수 없다.

다른 세계로 넘어간다는 것은 **그때로***in illo tempore* 넘어간다는 것이다.

근원의*ab origine* 세계라기보다 완전무결한 태고의 첫 왕국.

이 완전무결성의 태고는 먹는 놈과 먹히는 놈이 그 야생적 극성을 아직 잘라내지 않은 전(前) 속계(俗界)이다.

그들은 아직은 같은 언어로 말한다(울음소리).

돌아오게 하기 위해 그 동물 고유의 울음소리를 모방하는 미끼가 도구가 된다.

산 채로 잡힌, 묶인, 굶주린, 소리 지르는 야생 짐승들을 상소꾼이라 부르는 것은 그럼으로써 같은 종의 다른 야생 짐승들을 그들 쪽으로 유인하기 때문이다.

그 새벽에, 그 음악은 동족을 애타게 부르는 비가(悲歌)이다.

제53장

롤랑은 그의 각적을 울린다.

디도는 아에네아스를 절규한다.

부르기만 해도 달려오던 때가 있었던가?

그건 젖먹이 시절이다. 동물이건 인간이건. 행복했던 때는 그때이다. 이 행복한 시절을 어떻게 정의할 수 있을까? **울면 엄마가 온다.**

세상 떠나갈 듯 울어젖히면, 빨아들일 만반의 준비가 된 입 앞에 당장 젖이 대령된다.

소리도 안 나게 목 놓아 부르면 완전히 잃어버린 엄마가 돌아온다는 의미에서 글쓰기도 이런 상소이다.

*

시간은 존재하지 않으나 과거는 존재한다. 과거가 존재한다고 하는 것은 성행위를 통한 재생산이 있어서다. 죽음으로 인한 멸종으로 위기를 맞은 세대는 이것으로 계승 문제를 해결한다. 조상은 과거에 우선한다.

*

고대 사회에서는 옛날을 꿈이라 했다. 꿈에 **죽은 짐승들이 되살아나고**, 그 살생이 되살아나고, 그 음복이 되살아나고, 이미 끝난 희생제가 되살아나고, 그 전날의 향연이, 죽은 사냥꾼이, 사냥의 기억이 되살아난다.

옛 시대는 '좀 전에'와 '아주 옛날'로 나뉜다. 과거는 한때 일어났던 모든 것을 잠자는 자의 경험 속에 모아놓는다.

자연은 태고처럼 고대다(창세기, 동물, 생물, 야생).

대홍수 이전(여러 번의 빙하기)과 이후를 비교할 수 있다. 1만 2천7백 년 전 갑작스러운 온난화로 인한 수면 상승.

*

수메르 신화에서 사자 머리를 한 새-태풍 신 안주Anzou는 엔릴Enlil 신에게서 운명을 점치는 점토판을 훔친다. 영웅 니누르타Ninourta는 점토판을 엔릴에게 돌려주기 위해 활을 메고 안주 신을 죽이러 떠난다.

그런데 갈대 화살은 안주 신의 몸에 닿지 않는다.

날아갔던 화살이 뒤돌아온다.

안주 신은 자신을 향해 날아오는 화살에게 말한다.

"나를 향해 오는 갈대야, 냉큼 네 갈대숲으로 돌아가라. 숲을 흉내 낸 것에 불과한 활아, 네 숲으로 당장 돌아가라. 활줄은 양의 배 속으로, 화살 깃은 새들한테로!"

수메르 문인이 일으킨 마법이라면, 모든 문화적 인공을 자연의 소박 상태로 돌아가게 한 것이다.

제53장

같은 원리로 샤먼-전사는 고통을 그들 세계로 돌린다.

같은 원리로 신들은 태어난 존재를 태어나기 전 세상 속에 용해할 수 있다.

고대 수메르인들의 눈에 죽음이란 자연소(自然素)로의 귀화였다. 분자는 자신의 옛날 옛적인 원자 속에서 재분해된다.

어원학은 문장가들(문자를 업으로 하는 자들)을 문자 속에 녹게 만드는 예술이다.

*

테베, 세멜레의 무덤 옆에서 한 사생아가 벼락에게 요구한다.

숲은 도시에게, 그 곡물 창고에게, 그 투창들에게, 그 사원들에게, 그 선박들에게 요구한다.

짐승들은 그들을 소비함으로써 그들의 생명을 앗아간 그 동물에게 요구한다. 그들의 술책과 그들의 살가죽과 털과 깃털과 이빨과 뿔을 훔쳐감으로써 그들을 복속시킨 그 동물에게 요구한다. 언어로 말하면서 낙원에서 그들을 추방한 그 동물에게 요구한다. 그들을 시켜 그 너른 땅을 갈게 하고, 울타리를 쳐 자기들 최초의 읍을 건설한 그 동물에게 요구한다.

자연은 인류에게 그의 땅을 요구한다.

*

제53장

　20세기 초, 존 마셜 경은 모헨조다로와 하라파 유적지를 발굴했다. 마셜 경은 회고 장면이 그려진 다량의 인장을 파냈다. 그가 파낸 인장에는 4백여 개의 문자 기호가 있었고 지금까지도 다 해독이 안 된 상태다.

　20세기 말, 장 클로트[1]는 자동차 문을 밀며, 마스-다질 동굴에서 출토한 넓고 긴 입술을 나에게 보여주며 손을 내밀고 외쳤다.

　"지난 세기에서 파낸 흙일세!"

　선사 시대 역사가들이 말하고자 하는 것이 바로 이것이다. 유물들, 이 구석기 유물들이 바로 20세기 말 도로 건설 때 강의 상류에 흩어져 있었던 것이라고.

　공사 인부들 눈에 띄지 않았다면 인부들이 모르고 없앨 뼛조각 문양들은 영영 유실될 수도 있었다.

　나는 마스-다질 강 상류 동굴 천장 밑에서, 우리 안에 있는 근원이 파괴됨으로써 그 정체가 규명된다는 의미일 수도 있을 이 독특한 표현을 급히 적었다.

　"인간은 지난 세기에서 파낸 흙이다."

---

1) Jean Clottes(1933~) : 프랑스의 선사학자. 구석기 시대 전문가.

제54장
:
동물들

저 먼, 저 오래된, 부득이 근원에 대한 질문일 수밖에 없는 가공의 이야기는 다른 공간에, 다른 시대에, 경계 밖에, **리메스**(*limes*, 境界) 너머 **살투스**(*saltus*, 野地)에, 머나먼 곳에, 야생지에, 격하고 알 수 없는, 알지 못하는, 늘 시착적(時錯的)인 과거에 자리 잡는다.

미지가 미지에 빠져드는 곳, 거기서 낯선 의례들을 긁어모아 이야기의 소재로 삼고 그것을 다시 이야기한다.

메조틴트[1], 파스텔색 외바퀴 손수레[2], 아줄레주 벽화[3], 7현[4],

---

1) 동판화의 일종으로, mezza tinta(중간색조)라는 이탈리아 말에서 나왔다. black manner/manière noire라고도 하는데, 금속판 표면에 여러 작은 구멍을 뚫어 판화를 찍으면 이 구멍 속에 들어 있던 잉크가 퍼져 넓은 색채 면을 이룬다. 독일 태생 루트비히 폰 지겐이 17세기 네덜란드에서 발명한 기법으로 부드럽고 미묘한 색채를 낸다. 파스칼 키냐르의 『로마의 테라스』에서 주인공 몸므는 이 메조틴트 기법으로 색채감을 거부하면서 그 우울한 어둠의 농담만으로도 황홀경에 가까운 꿈같은 판화를 제작한다.
2) 키냐르가 『떠도는 그림자들』에서 환기하고 있듯, 얀세니스트 종쿠 양의 그 유명한 외바퀴 손수레 일화가 있다. 루이 14세의 박해를 받아 투옥된 얀세니스트들의 석방 운동을 위해 종쿠 양은 이 외바퀴 손수레를 타고 파리 전역을 누비고 다녔다.
3) 아줄레주azulejos는 과거 이슬람 무어인들이 성벽 바닥에 장식하던 청색 돌 타일로, 무어인들이 이베리아 반도를 지배한 이후 포르투갈의 독특한 건축 타일 양식을 가리키는

제54장

바로 이런 것들이 내가 저 먼 다른 세상에서 가져오고 싶은 것들이다.

늘 그렇듯 근원적인 것, 후경은 모성적이다(새끼들의 여주인, 자연, 힘, 밤). 늘 그렇듯 영웅은 장차 사윗감이다.

사람들이 지어내는 이야기에 가장 많이 등장하는 세 가지 시간 얼개. (1) 계절 변화처럼 거듭남(사위는 장인을 살해한다. 청년은 노인을 살해한다. 봄은 겨울을 살해한다. 제임스 프레이저[5]식 왕위 계승) (2) 제2의 탄생처럼 거듭남(사위는 단련을 위해 입문한다. 위험천만한 세 가지 시련을 겪으러 숲으로 들어온다) (3) 사생 결투로서 거듭남(영웅은 사자의 세계를 여행하고 산 자들에게 돌아온다).

말이 되었다. 리스본의 몬산토 언덕 아래에 위치한 프론테이라Fronteira 궁은 1640년 프론테이라 가의 1대 후작인 후안 경의 사냥 파빌리온으로 지어진 것으로, 아름다운 아줄레주 타일 벽화들로 장식되어 있다. 이곳에 매료된 키냐르는 이 '프론테이라(경계라는 뜻)'에서 빌려와 『경계 La frontière』(1991)라는 제목의 작품을 발표한 바 있다. 소설도 역사적 일화도 아닌 키냐르 특유의 환상적 '우화'라 할 이 글에는 불안하고도 우울한 푸른색 음영의 수수께끼가, 복수라는 가면을 쓴 에로스의 환영들이 넘쳐난다.

4) 키냐르의 『세상의 모든 아침』에도 나오듯, 생트 콜롱브의 비올라 다 감바의 7현을 말한다. 생트 콜롱브는 비올라 다 브라치아(팔에 걸치고 연주하는 비올라)에 현을 더해 7현을 만들고, 다리 사이에 끼고 연주하는 새로운 연주 방식을 고안해냈다. 이 방식으로 더욱 깊은 저음을 냄으로써 인간 영혼의 우울과 고통을 표현할 수 있게 되었다.

5) James Frazer(1854~1941): 영국의 인류민속학자. 프레이저는 『황금가지』에서 사회와 자연의 질서를 유지하기 위해 왕의 몸이 쇠약해지면 그를 살해하고, 젊고 새로운 왕을 추대한 아프리카의 여러 '신성한 왕권제'를 보고하고 있다. 임기가 끝나면 왕은 무참한 방식으로 살해되었지만, 이것은 공동체에 반드시 필요한 일이었고, 왕에게 주어지는 커다란 명예였다.

제54장

*

  기독교도 이 도식은 흔들지 않았다. 결코 늙을 수 없는 옛날, 어머니의 시선 아래 있는 그 청년인 옛날(젊은 미래 사위, 미래의 미래, 영벌(永罰) 이후 복수를 꿈꾸는 아들, 강철 토시를 신고, 투창을 든 젊은 기사). 이 3단계의 형상학적 도식이 이야기가 빚어내는 이야기보다 먼저다. 어떤 시대든 옛날이야기는 없는 봄을, 모계 사회를, 동물과 인간이 우선적 쌍이었던 고대 사회를, 집단 내에서 고독한 개별성과 군집성을 자가 조절했던 고대 사회를 참조하게 마련이다.

*

  고대 신화에서 뒤돌아보아진 자는 죽음에 처하는 벌을 받으니 뒤돌아보기는 금기다. 하지와 동지에도 태양은 뒤돌아서서는 안 된다. 죽음을 향해 돌아서는 안 된다. 이미 끝난 겨울로 돌아가서는 안 된다. 머리를 숙이고 봄을 향해 다시 나가야 한다.
  마스-다질 동굴 벽화의 그 공작, 섬세하고 경이로운 머리.
  뒤돌아본다는 것 *Rückblick*.
  밀러의 작품에 흘렀던 것이 슈베르트의 작품에 흐른다. 행복이란 뒤를 돌아보는 시선에 관한 문제라는 것.
  지나간 사랑의 공습을 무감이 지나가게 하는 지난 사랑에 대한

제54장

애착.

빌헬름 뮐러는 1827년 9월 30일 데사우에서 사망했다. 나는 세실리아 뮐러[6]를 사랑했다. 뮐러는 그의 작품이 음악이 될 줄은, 슈베르트의 「겨울 나그네」가 될 줄은 전혀 몰랐다.

*

뮐러가 말한다. 초록 풀을 어디에서 찾나?

추억 세계에서.

내 심장이 흐르는 피라면,

흐르는 것은 모두 내 얼굴.

겨울 여행은 봄의 꿈일 뿐.

시간이 돌연 녹는다. 자연은 졸졸 흐르는 기쁨. 강물은, 산천은 시간이 녹은 것. 과거가 녹는다. 시간이, 옛날이 녹는다. 흐른다.

*

불행은 절망과 구분된다.

불행은 현재에 대한 믿음 때문이다. 정말 불행한 것은, 지난 모든 것으로부터 영향 받기 쉬운 것을 몸에서 다 없애는 일이다.

---

6) 키냐르의 소설 『뷔르템베르크의 살롱』에 등장한다.

제54장

우울, **아케디아**(*acedia*, 영적 태만)는 과거가, 당장 잡아먹을 야수처럼 지금 불쑥 나타날까 봐 심히 괴로워하는 일이다. 우울한 자, 현(現)순간에만 살겠다고 고집한다. 모든 추억을 삼간다. 추억은 너무 아프니까. 회상이 모두 도망친다.

행복 가능성이란 옛날과의 질긴 줄 짜기에 달려 있다. 과거를 아파할 수 없다면, 불치의 고독병을 앓는 것이다.

*

오스트리아 제정 말기에 고안된 정신분석학, 그것은 무엇인가? 소진된 과거를 언어를 통해 다시 흐르게 하는 열정이다. 지나간 것이 다시 지나가니 자지러진다.

*

과거에 대한 애착은 영혼에 그만한 힘을 발휘한다. 유태인들은 그들이 사막에서 영영 방황해야 했을 때, 하늘에서 떨어지는 천사들이 주는 빵도 마다했다.

각자의 입맛에 맞춰지는 기적 같은 능력을 지닌 만나를 불평했다. 도리어 노예로 있던 이집트에서 먹었던 음식을 그리워했다.

*

제54장

 수메르의 아카디아인들한테는 미래가 몸 뒤에 있었다. 눈앞에 있는 것이 과거였다. 등 뒤에 턱 버티고 있는 것은 파도처럼, 야수처럼, 불어난 강물처럼 물밀듯이 닥쳐올 문제들이다. 거기서 그대로 반회전하면 살아온 모든 것이, 가령 부모, 스승, 끔찍한 것들이 자기 뒤로 왔다.

*

 마르셀 그라네[7]는 그리스 단어 *meta-odos*(나중 길)를 언어유희하면서, 방법에 대해 말하는 자들은 모두 나중을 믿고 감언이설하는 자들이라고 했다.
 방법이란 가본 후에 난 길이다.
 간 길이 올 길이다.
 덧붙이면, 올 길은 이미 간 길이기에 한번 쏠린 흔적이 남은 길이다.

*

 동물들 역시나, 특히 태생동물은 자기 내부에 잃어버린 첫 세

---

7) Marcel Granet(1884~1940) : 프랑스의 저명한 중국학자. 서양의 이원론적인 철학적 개념에서 출발하여 고대 중국 사상에 접근하는 것을 철저히 지양하였다. 그의 주저 『중국사유』(1934)는 중국 이해를 위한 필수 고전 가운데 하나다.

계가 있어, 그 텅 빈 자리의 영향을 받는다. 그래서 우울한 것이다. 그래서 꿈을 꾸고 싶은 것이다. 그래서 크게 한숨 내쉬며 체념하는 것이다.

*

　선사 시대 동굴 벽화에 그려진 짐승들은 그때 있었던 것들이 아니다. 일상이 아니다(여왕들, 개들). 기독교인들의 성찬식에 놓이는 빵은 일상의 빵이 아니다. 거기 있는 포도주는 포도주가 아니다. 기독교인들을 강박하는 인간 예수의 살과 피다. 잃은 자는 끊임없이 그 잃어버린 것을 보여줌으로써 폭력적인, 모방적인, 온당치 못한, 용서받지 못할 포식을, 그 해묵은 원조 사냥을 재발시킨다. 질리게 먹을 죽은 고기가 도처에 널려 있다.

제55장
:
힘에 관하여

제우스의 번개를 맞은 세멜레[1]에 관하여.

세멜레는 거친 자 디오니소스의 어머니이다. 디오니소스는 교정할 수 없는 자이며, 태고이며, 포도주의 신이며, 번개의 아들이다.

향정신성들은 제들끼리 끌린다.

번개 조각들은 무리를 형성하고, 벼락이 이 무리를 선도한다.

*

라틴어 *vis*(힘), *virtus*(위력), *violentia*(격렬)는 같은 것이다. *vis*에는 힘과 튐이 섞여 있다. *vis*는 충동적 힘이다. 분비물, 얼룩도 이 기묘한 발생적 힘을 갖는다. 증명되듯 생명력처럼 튀는 것

---

[1] 세멜레는 제우스의 사랑을 받아 그의 아이를 밴다. 제우스의 아내 헤라는 이를 질투하여, 세멜레로 하여금 제우스가 진짜 신인지 아닌지 의심하게 만든다. 제우스에게 진짜 모습을 보여달라고 부탁한다. 결국 제우스는 세멜레 앞에 본래 모습인 벼락으로 나타나고, 세멜레는 그 벼락에 타죽는다. 제우스는 세멜레 배 속에 들어 있던 태아를 꺼내 자기 넓적다리에 넣고 꿰매어 열 달을 채워 아기를 낳으니 이 아이가 디오니소스이다.

들이다. 신생아, 대변, 오줌, 토, 정액, 눈물. 다들 태어나는 것들처럼 몸에서 튀어나온다.

*vis*에는 웃음과 힘이 이어져 있다. 웃음은 출구다. 출구를 여는 출구.

인간들은 웃음을 싼다.

웃음은 몸의 동굴에서 일종의 태양을 혹은 터지는 힘을 나오게 한다.

시베리아 신화에서는, 아메리카 신화에서는 태양을 동굴에서 나오게 하는데, 유럽 신화에서는 동굴 벽면을 할퀴면서 그 납골당에서 동면을 하고, 피한을 하던 봄-곰을 동굴에서 나오게 한다.

*

이자나기는 이자나미를 껴안았고, 그 교합으로 일본 섬이 태어났다.

이자나기는 이자나미를 또 껴안았고, 그 교합으로 태양 아마테라스가 태어났다.

이자나기는 이자나미를 또 껴안았고, 그 교합으로 불(火) 카구츠치가 태어났다. 그런데 카구츠치는 어머니 음순을 빠져나오다가 어머니 음문을 태웠다. 그리하여 이자나미는 카구츠치를 낳자마자 세상을 떠났다. 비통에 잠긴 이자나기는 아들 카구츠치를 죽였고, 이자나미를 찾겠다며 저승으로 내려갔다. 그런데 저승에서 올라오다 뒤를 돌아보았고, 이자나미 얼굴에 그려진 죽음의 광경을 보았다. 공포에 사로잡혔다.

당장 아내를 포기했다. 도망쳤다. 그리고 아내가 자기를 만나러 오지 못하게 저승의 입구를 막았다.

이자나미와 이자나기의 딸이자, 불의 누나이며 태양 여인인 아마테라스는 동굴 속에 은신해 있었다.

그러니 세상이 밝지 않았다.

하늘의 모든 카미(신)들이 태양 딸이 동굴에서 나오기를 바라며 동굴 입구에 모여 춤을 추었다.

수년간 춤을 추었다. 그래도 태양은 나오지 않았다.

어느 날 카미 아메 노 우주메는 춤을 추다 치맛자락을 걷어 올려 자신의 거시기를 보여주었다. 모두들 뒤로 넘어갔다. 미친 듯이 웃었다. 아마테라스는 그렇게 웃는 이유가 너무나 궁금해 동굴 밖으로 나왔다. 그리고 아메 노 우주메가 음문으로 추는 외설스러운 춤을 보았다. 너무 웃겼다. 아마테라스도 웃었다. 웃음 광선이 터져 나왔다. 세상이 환히 빛났다.

*

아메 노 우즈메는 그리스로 치면 바우보Baubô다.

*vis*가 숨기고 있는 것은 다름 아닌 성적 **격렬함** *violentia*이다.

격렬한 분노와 터지는 웃음이 리듬을 따라 바뀐다. 우주를 점철(點綴)한다. 태고와 계보, 샘과 여인, 화산과 동굴.

분노colère는 성교coït의 옛 이름이다. 죽을 만큼 상처를 입은 타자가 어슬렁거리는 겨울철의, 어마어마한, 괴물 같은 허기가 연상된다.

웃음 속에는 태생 때부터 멎지 않는 출혈이 있다. 쇼베 동굴 벽화에서 본 뾰족한 들소 머리를 한 여인네도 그렇다.

몽티냐크의 라스코 동굴 벽화 우물 그림에서 본 출혈.

상처 입은 들소, 태양처럼, 출혈하는, 열린 배, 고개를 뒤로 꺾고.

사냥꾼의 부종. 발기가 꿈을 기표하듯 동굴 어둠 속의 돌출. 살해당한 최초 인간의 제1기표로서의 돌출. 희생자. 죽음. 신. 십자가에서 죽은 자.

마르쿠스 아우렐리우스는 태양은 만방에 퍼지나 결코 마르지 않는다고 썼다.

분만, 피 흥건한 폭발, 새벽, 열, 출혈, 유출, 작렬 등은 시간의 가장 오래된 형상이다.

물 이전에 물이 있었다.

수면 위로 올라온 대지, 숲, 강 전에 태고의 대홍수가 있었다.

제56장
:
생각할 수 없는 것을 위한 통로

고대 그리스 비극 마지막에 합창제관은 제례문을 읊는다. 미리 알 수 없는 것에 신들이 통로를 내주는 내용이다.

아도케톤(*adokéton*, 생각할 수 없는 것)을 위한 **통로**(*poros*, 미세한 구멍)가 있음이 여기서 암시된다.

털갈이 계절 숫염소 희생제를 치르기 전 봄의 서막에 반원 극장에 와 앉아 시민-관객들이 응시하는 시간의 존재가 이런 것이다.

아포리(aporie, 난점)를 위한 통로가 있는 것이다.

신들은 인간들이 예견하지 못하는 일을 해낸다. 시간은 인간 편이 아니라 용출(湧出) 편이다.

탈선적 분출.

생각할 수 없는 것이 휙 지나간다.

인간 사회는 예측한 것의 귀환을 확신하지 못한다. 신들은 계절들보다 더 다형이다. 미래는 모른다. 오로지 신들만이 그 바닥 없음(심연)에서, 그 정한 데 없음(아오리스트)에서, 그 보이지 않음(하데스)에서 돌연을 완수한다.

제56장

*

원인류 사회에서는 무덤이 사피엔스 사피엔스보다 먼저라고 한다.

조상은 어떻게 만들어졌나?

사피엔스처럼 네안데르탈인들도 죽은 자를 매장했다.

그들은 생물학적 환경의 **거기**_là_ 너머에 있는 **내세**_au-delà_를 고안했다. 이 거기 너머가, 매장이, 석관이, **아갈마**(_agalma_, 像)가, 장례 풍습이 그 증인이다. 그들은 산 자들의 모든 조상들이 차례로 이어 거주하는 이 타계(他界)에 행복을 부여하기 위해 축제를 제정했다.

역설적으로, 그러나 불가피하게 이 내세가 고안됨으로써 산 자들 사는 이승에도 내세가 하나 생기게 되었는데, 그것이 바로 '옛날'이다. 그 형상을 주고, 그 이름을 주고, 그 언어를 주고, 그 색채를 주고, 그 의복을 주고, 그 풍습을 주었다.

인간에게 죽음은 죽은 자를 조상으로 변화시키는 사안이다. 시신을 타계 주민으로 변경하는 사안이다. 쉽사리 다시 나갈 수 있는 곳, 떠나지 않아도 되거나 떠나고 싶지 않은 곳, 바로 꿈속으로 되돌아올 수도 있는 이들을 못 움직이게 하는 사안이다. 잃어버린 자를 기원으로 변형하는 사안이다.

사회가 사회적 정체성을 순환시키니, 그 앞잡이 육신은 사라져도 좋다. 특징, 이름, 버릇이 돌고 돈다. 사회는 죽지 않는다.

제56장

하류에 피해 있거나 상류에 박히는 것은 매한가지다. 시신(屍身)이라 배제당한 사자(死者)가 신생아를 상징하는 선물과 헌물로써 조상으로 제조된다.

이런 의미에서 조상은 시체의 반대어다. 죽음 의식을 통해 인간은 후(後)를 전(前)으로, 전을 도래(到來)로 변화시킨다.

*

과거는 거대한 몸 덩어리, 현재는 오른쪽 눈이다. 그런데 왼쪽 눈은?

왼쪽 눈으로는 무엇을 보는가?

사르데냐 암반과 코르시카 암반은 번들거리는 한 암반에서 뜬 눈과 감은 눈을 번갈았는데, 그 형태가 꼭 **음문**vulva과 **남근**fascinus 같았다.

세계는 둘로써 작용한다. 둘은 같은 것, 반복이다. 우주적·물질적·생물적 작용의 핵은 반복성이다. *Bis*(둘)가 그 비밀이다.

*

하나도 아니고 셋도 아닌 인간 머리. 동전은 앞뒷면이다. 산등성이는 둘이다.

제56장

*

'도시 잘파에 관한 이야기'라는 제목의 히타이트 건국 신화는 강물 위 바구니 속에 들어 있던 처녀 서른 명의 공개로 시작된다.

신들이 이 처녀들을 구한다.

처녀들은 신들에게 감사드리기 위해 타마르마라로 향한다.

그런데 도중에 네슈아에서 총각 서른 명이 이 처녀들 가운데 누이들이 있는 줄을 모르고, 역시나 딸들을 분간 못하는 어미의 명을 받아 이 처녀들과 교합한다. 그 교합으로 달들을, 날들을, 밤들을 낳는다.

*

루브르 궁 박물관에 가면 사르곤 왕궁의 유적을 볼 수 있다. 크고 검은 돌 위에 사르곤 왕이 부조로 새겨 있다. 야생 염소와 연꽃을 봉헌하는 모습이다.

우리가 솟아난 환경을 점유하는 두 가지 방식이 있다. 옛날에는 수렵이나 채집이었다. 둘 다 자연에서 뽑혀 나온 것으로, 매해 갱생하기를 바라며 수렵물을 제물로 바치듯 채집물도 제물로 바친다. 이 희생제는 자연에게 더 관대한 역증여를 강요한다. 이것이 왕실의 기능이다. 왕실 소속의 수렵관과 원예관(동물 애호, 식물 애호).

제56장

고대 인도에서는 왕실 수렵 때 사냥할 짐승을 못 구하면(태고 때는 다 가져가라고 지극히도 야생이었는데), 살생 짐승을 대신해 꺾은 꽃들로 제사 지냈다.

나뭇가지 위의 꽃들이 짐승 새끼들보다 더 특별히 계절을 타는 것은 아니다. 우리 눈에 꽃들 시계가 더 규칙적이고, 더 동적으로 보일 뿐이다.

*

인류 때문에 생은 자연 앞에서, 환경 앞에서, 기상 앞에서, 천체 앞에서 물러나지 않지만 잃어버린 것 앞에서, 착란 앞에서, 몽상 앞에서, 환각 앞에서, 반영 앞에서, 대칭 앞에서, 환영 앞에서, 단어 앞에서, 모든 사고의 환각들 앞에서는 자리를 양보한다.

인류와 더불어, 그 파열적 신경질과 더불어, 그 수다와 더불어 미래가 점점 더 계속해서 과거의 외양을 띠는 것도 이래서다.

*

인간이란 다들 마약에 취한 자들로, 이미 경험한 것보다 더 강한 것을 향하여 나아간다. 그 시작을 발기시킨 것보다 더 격하고, 더 강하고, 더 피가 나고, 더 환각적인 것을 향하여 나아간다.

제56장

*

고바야시 잇사[1]는 봄을 이렇게 노래했다. 달팽이는 제 흔적을 보느라 몸을 꼰다.

*

종유석과 석순의 3백 년 주기는 4만7천 년 전으로 거슬러 올라간다.

자기 꼬리를 무는 짐승들.

상류를, 한창 때를, **봄**primum tempus을, 수액을, 증식을, 새끼를, 철새를, 새들을, 꽃들을, 태양을, 연어를, 맹수를 되돌아오게 하기.

*

돌아온 느낌, 제대로 알아본 느낌, 명확해진 느낌, 타오르는 기분, 익숙한, 설명할 수 없는 안도감, 대양 같은 느낌, 이미 체득한 것도 같고, 이미 본 것도 같고, 이미 터득한 것도 같은데 이 모든 순간적 작은 황홀경으로 온몸이 환희로 물드는데, 그런데

---

1) 小林一茶(1763~1827): 일본 하이쿠의 대표시인.

제56장

동시에 불안한 가장자리가 생긴다. 무소불능이 불안과 대면하는 곳이 **림스**(*Limes*, 경계)다. 일어난 것의 주인이 되지 않으려고 저어하는 우리는 옳다. 절대 그러지 않는다고 미치도록 확신한다. 우리는 시간의 두 극을 배회한다. 우리는 연 아니면 요요다. 아이들이 하늘과 땅 사이로, 안과 밖 사이로, 바다와 땅 사이로 연을, 요요를 날린다.

파랑(波浪)처럼.

돌아올지는 확실히 모른다. 그러나 이런 기분으로 우리에게 밀려온 것이 전적으로 당황스러운 것은 아니다. 왜냐하면 그것은 안에서 자생한 것이니까. 파도를 치게 만든 것은 절대 과거다. 태고이다. 기억 전의 과거. 분화하기 전, 반쪽을 잃어버리기 전, 암수로 구분되어 호흡하기 전, 대양 같고, 부정과거 같고, 모순에 부딪힌 것 같고, 바닥 없는 심연에 빠진 것 같고, 한계 없는 것 같은 충만한 무극.

*

미래에 대해 바랄 수 있는 비예견성의 최대치는 과거의 잔향이 얼마나 활성적인가에 달려 있다. 작용을 후퇴시켜 활성화한 것을 다시 무화시키는 경지. 예상도 아니고(배우고 익히다 보니 기계적으로 하는 반복 속에서 나온, 과거를 토대로 예상하는 것이 아니라).

제56장

(도약 혹은 비약의) 진군도 아니고. 진보도 아니고, (과거를 축적시켜 진행시키는) 진보주의도 아니고.

역퇴행. **진보보다 더 예측할 수 없는** 것이 바로 이것이다.

생기 없는 반복을 생기로써 놀아야 한다. 무념무상의 반복에 불과한 생, 그러나 약동하는 생을 놀아야 한다. 심장 박동 같은 무념무상의 공격적 생. 무념무상의 폐호흡.

*

열렬한, 은폐된 증오가 인간들과 동행한다. 이것이 사회생활의 근거가 되었다. 놀랄 만한 일들을 확산시키는 근거가 되었다. 증오는 주기적 내전 속에서 사회생활을 완성시킨다. 인간 역사는 직선적이지 않다. 동물 사회 시대, 이어 가축 사회 시대, 즉 서서히 역사 시간이 된 신석기 시대는 계절을 따르고, 순환을 따르고, 농사를 따르고, 세시 풍속을 따르고, 신실함을 따르고, 해(年)의 환(環)을 따른다. 가장 개발된 사회에서도 사회는 **해**annus를, **자연순환**circulus을, **악순환**circulus Vitiosus을 계속한다.

사회를 매혹하고 고통스럽게 하는 퇴행은 바로 이 지점에 놓여 있다.

'악순환'이 역사라는 것이다.

동물 사회로부터 무감하게 파생된 인간 사회는 언어적인, 기술적인, 수학적인, 산업적인, 재정적인, 직선적인 시간성과는 ──

제56장

인간은 그것을 알아본다고 믿고 있으나 사실 인간은 자신들이 보지 못하는 리듬을 반복해서 전개하고 있을 뿐이다——점점 더 일치하지 않는 포식과 동면, 즉 전쟁과 휴전이라는 주기를 따르게 되어 있다.

제57장
:
조상 공포

 쥐 공포는 조상 공포이다. 4천5백 종의 포유류가 있다.
 포유류의 조상은 에오세에 살았던 일종의 뾰족뒤쥐이다.
 젖이 있는 모든 것들은 마녀가 튀어나오듯, 귀신이 나타나듯 울부짖는 일종의 아주 작은 식충류의 쥐에서 파생했다.
 우리는 조상 앞에서 울부짖는다.

제58장
:

위협의 별을 떠나 영영 귀환할 것 같지 않으니 아무 위험 없어 보인다. 그러나 돌연 귀환할 적에는 한번에 철저히 당한다. 아무것도 남지 않은 허무, 준비조차 못하고 당한 쇄도, 그런데 다시 격렬한 회오리가 인다.

실제에서 보이는 것이라곤 보이지 않는 시간인데, 우리는 저 심연 속에 벗은 채로 있다.

제59장
오르페우스 (1) 오이아그루스의 아들

　오이아그루스의 아들 오르페우스는 가수였다. 오르페우스는 리라에 두 현을 달았다. 오르페우스의 아내는 풀 무성한 강기슭에서 죽었다. 오르페우스는 두 바위를 지났다. 아내를 찾으러 저승으로 내려갔다. 그 이름은 에우리디케였다.

　오르페우스는 노래를 불렀다.

　그 노래를 들은 하데스와 페르세포네는 울기 시작했다.

　아내를 지상으로 돌려보내주겠다고 눈물로 약속했다. 거기에 한 가지 조건을 달았다. 저승의 왕궁을 떠나기 전, 아베르노 계곡에 다다르기 전 절대 뒤를 돌아보지 말라고.

제60장
:
오르페우스 (2) 아오르노스

이자나기처럼 오르페우스도 돌아보았다.

그러니 이제 너에게 무엇이 남았나.

오르페우스는 돌아보는 비애다.

아, 돌아보며 공경하는 수고. 죽음을 향한 혼의 귀환에 불과하지만.

*

저승의 에우리디케를 찾기 위하여 오르페우스는 아오르노스 골짜기로 들어갔다.

A-ornos. 새들이 없는 곳. 그리스어로 삶과 죽음의 경계를 뜻하는 아오르노스는 새들이 버리고 떠난 곳을 가리킨다.

그리스어로 **숨** *psychai*은 새들처럼 여겨졌다.

패트릭 브란웰 브론테[1]는 1826년 이렇게 썼다. 아오르노스

---

[1] Patrick Branwell Brontë(1817~1848) : 영국의 시인이자 작가. 샬롯 브론테와 에밀

제60장

산은 우리의 올림포스다. 짐멜 쿰리의 정령과 영주 들의 거주지이다.

리 브론테 사이의 남자 형제이다. 뛰어난 상상력으로 브론테 자매에게도 깊은 영향을 미쳤다. 알코올과 아편에 빠져들었고, 실연의 상처까지 더해져 깊은 절망에서 헤어 나오지 못했다. 결핵으로 사망했다.

제61장
:
오르페우스 (3) 요약

계: 동물
문: 척추동물
강: 포유
목: 영장
아목: 원숭이
과: 호미니데
속: 호모
종: 호모 사피엔스 린네
아종: 호모 사피엔스 사피엔스
주체성: 무(無)

*

생물계는 죽은 가지들이 산 잔가지들보다 더 많아 죽은 듯 보이는 거대한 고목 같다.

참새, 새우, 수정, 인간 이것들 모두 세상의 모든 아침 중의

제61장

아침. 아직 정오의 태양에 닿기에는 이른 시각 떠난 모험에서 살아남은 희귀한 것들이다.

*

3~4백만 년이 인간의 느린 출현과 예술 작품의 불쑥한 돌출을 갈라놓았다. 원형 인류들은 35만 년간 시신들을 매장하고, 단장하고, 황칠하고, 꽃 장식 했다.

죽음의 발명과 상상의 발명을 구분하기는 힘들다.

고대 로마인들은 고인의 두개골을 **이마기네스**imagines라고 불렀다.

항온동물은 꿈을 꾼다.

없어 그리운 것을 환각으로라도 보고 싶은 것이다.

인간은 호랑이보다는 꿈을 덜 꾼다.

새들만큼은 꾼다.

자궁 속 어슴푸레한 빛이 대기의 눈부신 빛보다 먼저 있었다.

시간을 표시하는 밤하늘의 그 언어적 대립보다 이 어슴푸레한 빛이 먼저 있었다.

시원적인 보이지 않는 세계에는 선행되는 '~이 있다'가 있다.

보이지 않는 세계의 두 근원. (1) 태생동물: 보이지 않아야 비밀스러운 섹스. (2) 인간: 보이지 않아야 비밀스러운 언어(언어

제61장

로 말해져버리면 공시적일 수 있는 것을 잃는다).

무아지경의 몽(夢)은 그릴 수 없는 것을, 존재하지 않는 것을 그린다.

자연언어는 없는 것을 재현하고, 그릴 수 있는 것을 그릴 수 없는 것에 옮긴다.

*

독수리들이 가장 좋아하는 골수가 인간이 가장 좋아하는 요리가 되었다.

곰들이 가장 좋아하는 꿀이 인간이 가장 좋아하는 요리가 되었다.

말하는 인간이 등장하기 훨씬 이전 시대에 동굴은 무시무시한 야수들의 본거지였다. 덩치 큰 맹수들이 거기 엎드려 있었다. 곰들이 거기서 겨울잠을 잤다. 모델이라는 것이 이것이며, 선조라는 것이 이것이다. 그들이 염려하고 보호하는 딴 세계가 있었으니 마치 그 세계의 주인인 양 동굴 벽면에 그것들을 여럿 그려놓았다.

꿈은 동물들을 잊을 리 없다.

마당이나 들판보다 우리 꿈에 더 많다.

언어와 기억이 배열한 과거보다 더 기 센 태고가 있다.

제61장

*

뷔퐁[1]은 이렇게 썼다. 짐승들은 우리가 접근할 수 있는 기호가 없다. 짐승들의 눈빛은 우리는 해독할 수 없는 언어다. 울음소리를 제외하곤 어떤 것도 와서 깨지 못하는 이들의 침묵은, 패주할 때 이리저리 날뛰는 경악과 사실 거의 같은 것이 아닐까 짐작해볼 따름이다.

*

포식의 모방인 사냥은 160만 년 전에 시작되었다.

인간은 포식의 포식자인 연유로 잡식동물이 되었다. 포식자, 다시 말해 이 기이한 모방자는 살가죽, 뿔, 깃털 달린 육식류가 제 몸으로 이동해오는 중에 자기는 누군지 잊는다. 죽은 고기를 먹는 육식동물은 거의 그려진 적이 없다. 독수리, 늑대, 개, 여우, 멧돼지, 그리고 인간 역시나 동굴 벽면에 자주 출현하지는 않는다. 자기 자체는 거의 이미지가 없다.

*

---

[1] Georges-Louis Leclerc du Buffon(1707~1788): 프랑스의 자연과학자, 수학자, 생물학자. 백과전서파로 라마르크, 다윈에게까지 깊은 영향을 끼친 진화론의 선구자이다.

제61장

내가 과거라 칭하는 것은 태고보다 훨씬 짧다.

과거란 인간사에 불과하다.

맨 피부의 아종이 되기까지 1백만 년 전을 향한 방랑과 배회.

80만 년 전의 조류 방식으로, 하이에나 방식으로, 죽은 고기만을 먹는 육식.

50만 년 전의 육식 아닌 척하나 육식인 집단 사냥.

10만 년 전의 불, 그리고 그 종신적 빛, 동굴 폭발, 좁은 베링 해협, 무덤, 언어, 혼인, 증여, 유통, 조각, 그림.

도시를 발생시키고, 시샘과 도둑질을 자극하고, 전쟁을, 왕을, 계산을, 기록을 유발시킨 정착 농업과 곡창의 유래는 기원전 9천 년이다.

*

우리는 신생아의 몸속에 죽은 자의 이름이 언제 새겨지는지 결코 알 수 없다. 신분 이전, 성명 이동, **포라**_phora_의 **메타포라**_metaphora_[2]. 조부모의 특질과 기호가 신생아에 '메타포라' 되는바, 신생아는 정자의 초상화라, 혈통의 초상화라 간주될 수 있다.

약 1만3천 년 전 마지막 빙하기가 끝났다.

---

[2] 우리가 보통 문학적 비유법으로 은유, 암유라 통칭하는 메타포metaphore/메타포라 metaphora의 원래 의미는 이전/이동transport이다. '메타'는 여기와 저기 '사이,' 그 '뒤로' 혹은 그 '넘어서'를 뜻한다.

제61장

분묘 발명이 시작되었다. 인간은 새끼 품은 어미를, 봄 품은 구혈(甌穴)을 곰들한테서 빼앗아 곰들 세계로 들어왔다.

태양도 없고 태양의 귀환은 알지도 못하는 밤들만 이어지는, 시간 영역 밖의 지하 굴.

고대가 거주했던 동굴, 샘물 흐르라고 얼음이 물러났던 곳.

앞 시간, 아니 시간이 닿지 않는 곳, 태생동물의 주머니, 샘, 양수.

인간은 빙하기 시대의 곰을 전(前)인류라 정의한다. 납골당의 거구 주인, 벽을 할퀸 자국, 꿀, 봄, 샘, 연어 낚시 등등.

1만2천7백 년 전 여름 평균 기온이 갑자기 15도 상승했다.

숲들이 융기한다. 유럽이 자작나무로 조림된다. 이어 소나무로. 사슴이, 안콜소가, 들소가 출현한다. 9천 년 전 떡갈나무가 올라오고, 느릅나무가, 호두나무가, 도시들이 올라온다. 6천 년 전 차탈회유크에 1천 가옥이 있었고 5천 명의 주민이 있었다. 각 가옥 주실(主室)에는 살생당한 것들의 뿔과 두개골이 모셔졌다. 입구는 따로 없고 지붕으로 들어갔다. 해수면 높이가(빙하기 때 -130미터) 4천 년 전 현재 수준(그러니까 0미터)으로 올라왔다. 3천5백 년 전에 사하라의 사막화와 '모던' 시대가 시작되었다. 사람들이 고대라 부르는 것이 바로 이것이다. 근대란 거세와 길들이기로 정의된다.

사냥꾼이 신하가 되고,

늑대가 개가 되고,

제61장

들소가 소가 되고,
멧돼지가 돼지가 되었다.

*

구석기 시대 인간 혼 깃든 곳에 아직은 이미지들이 있었다. 어두운 동굴 벽면 동물 형상이 꿈속에 출몰하니 사냥꾼들은 몽환적 이미지에 시달렸다.

신석기 시대 인간들은 식물, 강, 계절, 종(種)처럼 제 스스로를 길들이며 부호들을 교환했으며 이 교환의 증가로 음성이 생겨났으나 꿈의 영상처럼 아직은 환각적이었다. 이 음성들을 모시기 위해 돌 사원이 올려졌다. 자연언어가 번식했다.

이집트, 유대, 그리스, 로마, 기독교 고대 사회 말기에 이 환각적 음성은 사라졌다. 신들림, 예언, 신탁, 무녀, 악귀, 선지자들이 멀어져갔다. 상실된 음성은 조상들의 언어로 기록되어 법전과 경서에 복속되었다. 마지막 신들이 그들의 마지막 서책을 구술한다. 자기 주체라는 환각('나'라는 것은 내재 언어의 공명에서 생기는 내적 환각이다)이 내공(內空)의 자기 명상이 될 때까지, 시간의 개인 경영이 될 때까지, 개인 자책이 될 때까지, 고백이 될 때까지 점증한다.

땅을 일구는 보행의 농민들 앞에 말 타고 무장한 기병들이 갑자기 나타났다. 이자들이 이상한 서열화를 하는 바람에 정착민에

제61장

대한 이주민의 돌연한 지배가 생겨났다.

   2천8백 년 전 시작되어 1789년 끝난 인간 역사의 극히 이상한, 말 타고 하는 목축. 2001년 아프가니스탄 산등성이에서 비행기들과 사투하는 말 탄 사내들을 본다.

제62장
:
젠치쿠의 칠륜(七輪)

1444년 제아미[1]가 죽자, 젠치쿠[2]는 장인이 작곡했던 것보다 더 어두운 **노**(能)를 쓰기 시작했다.

1470년 젠치쿠는 하직하며 이 글을 남겼다. 사자(死者)들의 심장이 우리를 누른다. 우리 조부들이 체득한 언어는 육신의 심(心)에서 올라온 넝쿨 같다. 세계는 7륜으로 이루어졌다. 밤이 오면 인(人)은 귀(歸)하고 정적에 와(臥)한다.

낮과 밤을 만드는 천륜(天輪)의 수명은 정지가 없다. 이것이 제1륜이다.

성장은 순환 운동 그 자체의 시발이다. 그것을 가져오는 것이 봄이고, 그것이 모든 것의 기원이다. 배들이 부풀고 싹들이 움트는 이런 것이 제2륜이다.

---

[1] 世阿彌(1363~1444) : 일본 전통 가무악극인 노를 완성한 예능인. 무로마치 시대 통치자였던 요시미츠의 후원 속에 왕성한 활동을 하다 정권이 바뀌자 섬으로 귀향을 가는 등 말년은 불운했다.

[2] 金春竹(1405~1470) : 제아미의 딸과 결혼했고 제아미와 그의 아들 모토마사에게 노를 배웠다. 나라 지역에서 주로 활동했으며, 제아미로부터 배운 노 기법을 곤파루파에게 전수했다.

제62장

개화, 부풀어 터지는 여름, 이것이 제3륜이다.

숙성에 다다른 형(形)들이 제4륜이다. 수확의 가을, 형들이 돋고 벌어진다. 가지들이 휘고 꺾이며 완성된다.

쇠락이 제5륜으로, 허기, 기다림, 영상, 몽상, 꿈 등이 육신의 속을 판다. 돋는 것이, 자라는 것이 보이는 것 같아 목 놓아 부르는 5륜.

몸들이 맞붙는 겨울 불가 옆의 제6륜. 몸들이 무릎을 맞대고, 이마가 땅에 닿으니 예절, 제사, 후렴, 원무. 모두 돌아오라.

제7륜. 원, 가장 미세하고, 가장 빈약하나 우리의 기원. 희고 파리한 이슬방울. 뿜어졌다 찔끔 떨어진다. 비단 바지춤에서, 여자의 윤나는 검은 털에서 이미 본 것 같은. 한 사내가, 한 방울의 정액이 끊임없이 돌아오는 태고의 물보라와 뒤섞여 포효한다.

제63장
:
에오스

옛날 옛적에는 에오스가 별들을 고안했다고 보았다.

에오스가 잡은 먹이의 살을 찢을 때는 아직은 붉은 손이나 이제 그것을 잊으면, 아니 잊고자 하면 장밋빛이 되어 밤의 장막에 달려 있는, 지하 동굴 어둠 속의 그 똑같은 문을 열어준다.

하루는 이 손이 막 잠들려 하는 한 청년을 놀래주자 그의 성기가 곤추섰다. 손은 당장에 욕망에 사로잡혀 다가갔고 몽환 중인 티토노스를 넋이 나가게 만들었다.

시간이 흘렀다. 티토노스는 영원불멸의 젊음인 이 에오스의 침대에서 크로노스가 되었다. 그의 수염은 순식간에 하얘졌다.

얼마 후 막 태어난 태양이 두 팔로 이 할아버지를 껴안았다.

결국, 이 가녀린 새벽은 겨우 살아 둥지 안에 숨어 사는 다 말라비틀어진 매미가 된 남편을 정원 나뭇가지에 걸어두었다.

*

언젠가 트로이에서 전투가 있었고, 에오스는 아들 멤논을 잃

제63장

었다. 당장 제우스를 찾아갔다.

"멤논을 화장하는 데 당신이 동의하지 않는다면, 밤이 제 경계를 넘어오지 못하도록 하겠어요. 연기는 **그 애가 갈 밤처럼 검었으면 해요.**"

제우스는 생각에 잠기더니 그리하겠다고 했다. 바로 이날로부터 인간을 화장할 때 나오는 연기는 탁해졌고, 다음 날 올 태양광선을 차단했으며, 날을 흐리게 만들었다.

*

새벽이 매미들을 기억하고 새벽에 하고 싶은 사내들 앞에 제 이슬을 뿌려준다면 밤은 잠자리〔蛉〕를 기억한다.

잠자리들은 새들의 조상으로 공룡이 지나가는 것도 보았다.

제64장
:

　사랑하는 여자들이 잠이 들 때 시간은 멎는다. 아득한 태고가 돌아온다. 시간을 모르는 무언가가 아주 가까이 있다. 기나긴 밤—태초보다 먼저 있었지만 온전히 또 지금 바로 이 순간인 밤—을 지내면서 우리 자신도 몰랐던 무언가가 우리 옆에 서서 반쯤 벌어진다. 시대들의 꿈은 무엇일까? 활을 볼 때, 바이올린을 볼 때, 한자어를, 산스크리트어를, 그리스어를, 라틴어를 읽을 때, 수수께끼 같은 이 시대들 소리 뒤에 도대체 무엇이 있을까 하고 생각한다.

　지금 현재 속삭이고 있는 똑같은 막(幕)인데, 또 다가가고 또 다가갈 수 있는데, 지나고 나면 역시나 멀고, 역시나 말조차 할 수 없다.

　별들 뒤에 기죽지 않고 단단히 버티고 있는 밤의 장막.

제65장

:

팔로마 산[1] 5미터 8센티미터 헤일 천체망원경은 단순과거보다 덜 강력하다.

흑색은 부정과거보다 더 강력하다.

---

[1] 미 캘리포니아 샌디에이고 북동쪽 팔로마 산 천문대에는 우주 연구에 이용되는 유명한 2백 인치 헤일 반사망원경이 있다.

제66장

:

　태양이 잠든 후 하늘의 칠흑은 별들이 항상 있지는 않았음을 공표한다. 밤의 하늘이 말한다. 우주는 젊다. 만일 우주가 젊다면, 그렇다면 시간은 최신이다. 별들의 하늘은 인간들의 땅보다 인구가 덜 과밀하다. 사람들로 검은 것이 아니다.

　비어서 검다.

　밤은 하늘의 바닥이다.

　임의적으로, 환상적으로 별들을 조합하여 거기 거하는 형상들 중 그 어느 것 하나 밤 제 것이 아니다.

　그것은 하늘에서 읽히는 기호들일 뿐으로, 사냥꾼들이 제들이 사족을 못 쓰는 이미지들을 환각으로라도 보고픈 것이다.

　기호 금수들. 칠흑 공허에 투영된 맹수들, 곰들의 기호.

　과거의 이쪽 하늘 저 바닥에 태고 역시 거한다.

　고대 중국인들한테도 이런 게 있었으니, 숨결이 대지를 소생시키듯 책들이 세계 속으로 내려온다는 것이다.

　별들이 낙하하는가 싶더니 검은 먹의 문자들이 낙하한다.

　우주는 첫 책이다.

제66장

태양은 그것을 읽는 첫 눈이다.

그리고 죽음이라는 것을 아예 모르고 갈지자로 바닷속을 헤매는 거북이 등껍질. 고대 중국인들 말이, 거북은 세상에 머리를 쑥 내민다.

포피 밖으로 나오고 싶어 죽겠는 도토리 머리처럼.

엄마 음문 밖을 빠져나온 갓난아기처럼.

*

기원은 무형이다.

시원의 무형은 깊은 하늘 속을 너울대고, 유심한, 무심한 별자리 기호들 사이를, 지고의 기원 속을 노닌다.

*

언표적인, 언어적인, 문어적인, 자아도취적인, 반사적인, 반영적인, 명상적인, 의식적인 것은 모두 이 무형의 어두운 칠흑과 견주어, 모태 속 어슴푸레한 빛과 견주어, 강가 따라 드리워진 옅은 그림자와,

또 쐐기풀, 버드나무, 개구리, 짚풀들 옆 물에 잠긴 그림자와 견주어 항상 묘한 비균형일 것이다.

제66장

*

 어둠에서 태어난 포유류들은 동굴을, 그림자를, 밤을 다시 지어내 거기 눕고, 똬리를 틀고, 꿈을 꿀 지경으로 그런 것들이라면 사족을 못 쓴다.
 달무리가 달한테 하듯 광막한 밤이 우리를 항시 둘러싸고 있다.
 빛에는 제가 떠나온 혹은 찢고 나온 더 오래된 밤이 들어 있다. 물자체(일체의 기호 부재)가 순환한다.

*

 검은 음문, 이어 자궁, 이어 질에 창자가, 검은 목 천장이 연결된다. 내장 검은 속. 항문은 거의 가장 나중이다. 거의 결구이다.
 황혼 시간과도 같은 시간. 개와 늑대의 시간(이빨과 송곳니 사이, 길들여진 가축에서 맹수로, 말하는 동물에서 굶주린 몽상가로 후행한다).
 인간이 과거에서 태고로 후행한다.

*

 고대성은 정수와 매한가지다.
 과거 속으로 던져짐이 존재 이유를 던짐과 매한가지다.

제66장

애초부터 *ab initio* 역사가 시간에 주어진 이유로 불안정이, 무형이, 무질서가, 혼돈이, 비전향이 정해지고 방향을 갖게 되는 듯하다. 시간이 의미를 갖기 위해서는 시간의 기원도 고안해야 한다. 아이가 의미를 갖기 위해서는, 살도록 하기 위해서는 어미가 있어야 하고, 그 어미의 아비가 있어야 하고, 두 가족이 두 반원으로 한 원을 만들어야 하고, 이름과 성이 있어야 하고, 구분하고 부각하는 언어가 있어야 한다.

인 일로 탐포레 *in illo tempore*는 모든 역사의 색이다.

밤의 색, 달의 색, 바야흐로 물자체의 색(무색, 달이 없을 때 텅 빈 하늘에서 뵈는 상실).

원초적 상(象), 그것은 머릿속을 솟구치는 이미지들, 강력한 마약이다.

실로 모든 예술 작품에는 이런 파열이 파열한다.

밤의 장막을 찢지 않으면 새벽은 돋을 수가 없다.

원초 장면을, 우주 정기의 폭발을 떠올리니—섬광 같은 깨달음—모든 것이 온다.

플라톤은 『메넥세노스』 238편에 이렇게 썼다. 대지가 임신과 출산의 여성을 모방한 것이 아니라, 여성이 대지를 모방한 것이다.

제67장
:

밤을 정의하기 힘들다. 아마 간단히 말하면, 인간들이 두려워하는 것이라고 할 수 있다. 밤이 인간들을 선행해서, 밤이 의식(儀式) 속에 왜곡되어서, 어쩔 수 없이 시선을 돌려서, 이미지들로 채워서 인간들이 그렇게 밤을 무서워하는 것일 게다. 밤을 상상하는 것이 아니다. 밤을 바라보며 첫 세계의 추억을 봉한다.

제68장

:

까닭

나는 어릴 때 자주 달 속에 있었다. 고샅길 구석에 무릎을 꿇고 있었다. 달은 밤의 태고가 실패하고 변신하러 오는 곳이다. 제 이름을 모르는 성적 몽환이다. 부정과거는 독소다. 사색가는 제 손이 비게 될 때, 맨손일 때, 그것을 살필 때, 비로소 제 손에 근원적 '왜?'를 쥐게 된다.

우리는 암흑 속에 사라진 근원들의 원인에 너무 열중하느라 진이 빠진 자들이다.

나는 **유아기적 궁금증** cur infantilis의 탐닉을 떠올린다.

출발점의 문제는 가장 근원적인 문제이다.

그러나 모든 '까닭'의 상류에는 '물음'이 있고, 그것이 근원 자체이다. 새벽의 상류, 태생의 상류.

질문에 그 사전의 답이 없듯 시작하는 것에는 그 사전이 없다.

갈라지는 것을 그 어떤 것도 제어하지 못한다.

오르지오 orgio는 고대 천문학 용어다.

라틴어 오르지오는 **오리리** oriri에서 왔다. 오리리는 나타나는 항성을 표현하는 말이다. 우리말로는 태양을 뜻한다. 태양은 지평

제68장

선에서 일어난다. **오리리**(*oriri*, 나타나다)가 **수르제레**(*surgere*, 일어나다)보다 더 가깝다.

나타나는 태양.

도처에 생기는 것 같은 존재.

나타나는(오리리) 곳을 **오리엔트** *orient*라 부른다.

*

진정한 질문자는 열고, 생겨나게 하고, 일어나게 하고, 떠오르게 하고, 갈라지게 하고, 상처 양끝을 벌어지게 하고, 질문하는 양 입술을 늘이고, 양 성(性)을 분리하는 일을 멈추지 않는다.

관계의 양극을 벌이는 일을 멈추지 않는다.

끝없이, 마감 없이, 경계 없이, 지평선 없이 다시 새롭게 미분한다.

*

결코 답을 내어서는 안 된다.

모든 이미지 밑에는 상상할 수 없는 무언가가 있다.

우리가 **태반** *placenta* 속에 있을 때, 그 **저층** *substrata*이 우리가 있던 그 상태를 재생산한 것이다.

묘한 관계.

제68장

 타체(他體)에 함몰되어 있는 자체(自體)의 전(前)상상적 이미지를 상상해보자. 열정에 사로잡힌 자가 그를 사로잡는 것에 함몰되어 있는 지경. 독서에 함몰되어 있는 독자. 어머니 속의 만물.

제69장
:
엘리스의 엔디미온

엘리스의 엔디미온은 들판의 도랑에서 잠들어 있었다고 한다.

이번에는 새벽이 아니었다. 그의 성기가 선 것을 본 것은, 그를 원한 것은, 그에게 다가간 것은, 그 위에 앉은 것은, 성욕에 물든 것은 달이었다.

밤의 끝자락에 달은 깨어나는 그를 보며 밀어를 속삭였다. 엔디미온이 말했다.

"검은 하늘 밑, 당신 없는, 꿈 없는, 끝 없는 밤."

*

날이 저물면 색이 닳는다. 그러면 색들은 밤을 만들어 그에 거하다 동이 터 기운을 차리고 그 피로 다시 색이 입혀질 때까지 잠자코 제들의 차이를 지우고 있다.

땅속 깊이 산산이 부서져 있는 단단한 화산암 덩어리가 예고 없이 분출하고 발광하며 폭발하기 전, 그 태고의 온 기(氣)를 다 받을 때까지 잠자코 기다리듯이.

제69장

*

5세기 기독교 세례식은 집단적으로, 연례적으로 치러졌다. 40일의 단식과 금욕 후의 부활절의 밤 동안, 옷을 다 벗은 신교도들의 합동 침례가 행해졌다.

기독교인들은 중세 말이 되어서야 밤에 혼인을 치르는 일을 그만두었다.

제70장

:

비구상화와 관련해 그 무상한 주제의 기원이라면 1449년으로 거슬러 올라간다. 깨진 벽돌 옆에 놓인 두개골.

빛은 농한데, 달빛으로 신비묘연하다.

배경이 칠흑 같다.

두개골 뒤, 뚫고 들어갈 수 없는 밤.

죽은 자의 머리, 고대 로마인들이 이미지라 부른 것이 바로 이것이다.

이 그림은 로히어르 판 데르 베이던[1]이 그린 것이라 본다.

칠흑은 밤을 말한다(로히어르 판 데르 베이던은 밤에서 태양을 엄습하는 주기적 종말을 보았다).

두개골은 죽음을 말한다(로히어르 판 데르 베이던은 죽음에서 암수 생명체들을 엄습하는 종말을 보았다).

깨진 벽돌은 시간을 말한다(로히어르 판 데르 베이던은 시간에서 존재를 해하는 파편을 보았다).

---

1) Rogier Van der Weyden(1044?~1464): 네덜란드 플랑드르의 화가. 판에이크와 함께 북유럽 르네상스 회화를 대표하는 화가로, 작품에는 「십자가에서 내려지는 예수」 「막달리나 마리아」 등이 있다.

제71장
:

자연은 시간보다 덜 오래되었다. 자연은 생명에서 비롯되어 세상이 된 시간이다.

근대 과학이 전하는 신화에 따르면, 6천5백만 년 전 큰불이 융기한 대지 전역에 퍼졌고, 이로써 공룡의 종말이 초래되었다. **고생물학적** 운이 여우원숭이한테만 주어졌다. 작고 민첩한 혈거 동물이라 운이 따랐다. 성공의 요인은 도망이었다. 숨기는 우선 바위 기복에 달려 있다. 우리는 모태의 밤 속에서도 살 수 있는 자들에서 파생된 자들이다. 큰 바위 밑 은신처를 좋아하는 종자들. 우리는 작은 여우원숭이들의 새끼의 새끼의 새끼들이다. 모든 포유류들은 후대 여우원숭이들이다. 새끼 알들의 둥지. 새끼 알들의 집. 모태. 집의 거주자들.

*

태고는 과거가 아니다. 태고는 무형의, 무정의, 무한의, 막막한 부정과거다. 그것은 시간의 밤이다.

제71장

여기서 밤은 무지각의 테 없는 환경(環境)이다.

천체물리학자들은 선사학자들을 과거를 생중계로 보려고 안달하는 자들이라고 정의 내린다. 빛은 시간 속을 이동한다. 보이는 것을 보는 지각 작용 자체가 화석을 보는 일이다. 천체망원경은 시간을 거슬러 올라가 그 유리판 끝에서 단순과거를 얼핏이라도 보려고 안간힘을 쓴다.

그러나 그들이 본 것은 예전 한때이다.

우리가 밤에 관조하는 하늘은 현재의 하늘이 아니며, 그 항성들도 지금의 것이 아니며, 그 별님들도 우리네랑 동시대인이 아니다. 우리는 하늘에 눈길을 던지지만, 그 하늘은 이미 오래전부터 거기 없었다. 우리가 하늘을 본 이래로.

제72장
:
어두워 진한

 갑자기 요즘 내가 점점 더 많이 끌리는 콩트[1]에는 어떤 비산화적인 것이 있다. 소설을 포기하게 만든 것, 더 예스러운 것, 덜 인간적인 것, 더 몽환적인 것, 더 자연적인 것, 더 입안에서 불쑥 튀는 것, 더 머릿속에서 번쩍 스치는 것, 더 열정적인 어떤 것이 있다.

 늙지도 않고, 방향도 없고, 충동적이고, 발작적이고, 짧고, 간략하고, 상(象)만 던져진, 요약된, 검은, 튀는, 곡기(穀氣)가 되는, 묘연한 어떤 것.

*

---

[1] Conte: 콩트는 이상하게 우리한테는 유머 가득한 이야기 장르처럼 인식되어 있지만, 서양에서 '콩트'는 단편소설보다도 짧은 엽편(葉篇)소설, 즉 나뭇잎 위에 적어도 좋을 정도로 짧은 이야기를 뜻한다. 동사 conter에서 온 말로, '이야기하다' '이야기를 통해 무엇인가를 노출하다' '재미나게 이야기하다' 등의 뜻을 갖는다. 중세에는 '셈하다' '헤아리다'라는 뜻의 compter와 동의어이기도 했다. 인간사의 한 단면을 예리하게 포착, 기지와 해학과 풍자 넘치는 글로 표현하는 특징을 갖는다. 우화, 동화, 민화, 설화 풍의 이야기라 할 수 있으나 이 모든 것이기도 함으로 원어를 살려 '콩트'라 옮긴다.

제72장

 어느 순간 외계는 다리를 접고 내게 안에 들어앉아 똬리를 틀고 싶을까? 왜 우리는 대기 세계와 그리 자주 차단할 필요가 있나? 우리는 옛 희미한 빛 속에 몸을 말고 있다. 우리는 이름 모를 왕국에 우리가 꿈꿀 무아지경의 구멍을 판다.

*

 멜라토닌, 밤이 비밀에 홀린 이 호르몬은 밤과 낮의 교대를 알리는 것만 아니라 겨울과 여름의 그것을, 성교와 번식의 그것을 알리는 낡은 시계이다.

*

 우리 각자의 몸의 태고는 우리 각자의 양 다리 사이에 달린 쪼글쪼글한 소(小)기원에 있다.
 원초적 성이 태고인바, 여기서 섹스가 파생하고, 분열 생식이 파생하며, 박동이 파생하고, 가속이 파생하고, 방출이 파생하니 1기의 우주 폭발도 알고 보니 2기였다. 자제할 수 없음이 세계 바닥을 못내 헤맨다. 흰 것과 검은 것 이전에 순전히 '의문투성이인,' 어지러운, '진한' 색이 있다.
 이 '진한' 시간의 얼굴은 약간은 신 같은 얼굴일 것이다.

제72장

어디도 없는 얼굴.

무형의 얼굴.

밤은 밤을 가로막는 태양보다 항상 더 이전의 분일 것이다.

과거가 흐르는지라, 과거가 과거 속에는 없는 그곳에 바로 태고가 있다.

제73장

:

아낙사고라스[1]는 하늘을 조국이라 했다.

우라노폴리스인.

데모크리토스[2]는 코스모스를 조국이라 했다.

코스모폴리스인.

에픽테토스[3]는 모든 인간은 갈 곳이 없다 했다. 무국적자, 이것이 인간이다.

플루타르코스[4]는 밤이 내가 보는 유일한 지평선이라 했다. 우

---

1) Anaxagoras(B.C. 500?~B.C. 428): 그리스 이오니아 출신의 철학자. 생성, 소멸이란 것을 부정하고 만물은 처음부터 원래 있었고, 그 혼합과 분리가 있을 뿐이라고 보았다.
2) Demokritos(B.C. 460?~B.C. 370?): 고대 원자론을 확립한 고대 그리스의 자연철학자. 원자론 속에서 충만과 진공을 구분하였다. 원자론을 중심으로 한 그의 학설은 유물론의 출발점이다.
3) Epictetus(55?~135?): 로마에서 노예의 아들로 태어났으며 절름발이였다. 어릴 때부터 타고난 영리함으로 교육받을 기회를 얻고 노예 신분에서 벗어났으며 마르쿠스 아우렐리우스의 스승이 되었다. 권력과 부, 명예를 멀리한 채 오두막에서 지냈다. 그가 죽자 평소 그를 존경한 한 부자가 그가 쓰던 램프를 3천 드라크마를 주고 사갔다.
4) Plutarchos(46?~120?): 『플루타르크 영웅전』으로도 유명한 고대 로마의 그리스인 철학자, 저술가. '최후의 그리스인'이라는 별칭을 가졌을 정도로 그리스 세계에 통달한 박식가였다. 철학, 역사, 신학, 문학 등 저술이 무려 250종에 달했다.

제73장

리의 유일한 집은 모태라고도 했다. 만일 우리가 그것을 되찾는다면 우리는 멸할 것이라고. 우리의 유일한 나라는 멸국(滅國)이다.

제74장
:
시간이 결코 무화하지 못하는 것

　시간의 주행도 결코 전멸시키지 못하니 끊임없이, 끝도 없이, 무지막지해지는 그,
　시간이 증식하는 그,
　어떤 변질도 변질시키지 못하고,
　이타성이 증식하는 그,
　어떤 것도 그 안면을, 그 주둥이를, 그 벌어진 목구멍을, 그 포효 소리를, 그 송곳니를,
　그 근사한 상아 목걸이를, 어금니를, 뿔을, 각을, 영롱한 깃털을, 흰 이빨을 돌려놓지 못하니,
　벌리고, 잡수고, 으깨고, 부수고, 삼키고, 소화하고, 멍하고, 멍하며 말하고, 환영을 보고, 들고 일어나니,
　죽음의 구멍이 곧 생의 구멍으로,
　무(無)가 자라고,
　양성 생식이 자라며,
　도시의 폐허가 자라니,
　죽은 개체들이 하나둘 커져, 인간 언어들에다 끝없이 먹은 것

제74장

을 게운다.
　오, 지난 것이여!

제75장
:
과거가 된 신

회고 강박증은 고대 유럽인들에게 고유한 존재론적 호기심이다. 고고학은 유럽의 발명품이다.

지식과 세월의 자본화, 어원학, 특히 옛 유럽어의 재구축, 고생물학과 다윈론, 인간을 동물 진화론에, 계통발생학 속에 되삼킨 정신분석학 등이 세계의 기원을 재정리했다.

사회에서(개인적인 남녀에서만 아니라) 과거는 항상 오랜 공백 끝에 다시 나타나고 싶어 한다.

모든 사회가 두려워하는 이것——**사회**socius의 해체——은 상시 가능태다. 바로 이 점이 집단 **미디어**media를 괴롭히니, 후렴을 넣고 콧노래로 집단을 안심시키며 단결시킨다. 모든 공동체의 불안은 교환의 해체이며, 시장의 해체이며, 피붙이 간의 내전이며, 집단 내의 학살이며, 종족 번식을 위협하는 전염병이며, 가치와 신들에 의해 유지되는 세계의 종말이다.

과거에 관한 한, 모든 유럽 사회는 민속 혹은 화석의 형태로 접근해갔다. 가톨릭 종교, 클래식 혹은 바로크 혹은 르네상스 혹은 중세 음악, 아테네 민주주의, 로마 공화주의, 지방 산악당, 대로의 해적들, 산, 땅, 공기, 거리의 자유분방, 사투리, 요리법.

해체는 옛 사회를 보호하는 경계에서만, 그 모든 벽개(劈開)에 영향을 미치기 시작하는 경계에서만 일어난다.

*

인간 사회는 희생을 통해 제가 재생될 때까지 제 얼굴을 뚫어져라 쳐다본다. 공개 사형 장면은 공동 수렵의 부활이다. 역사는 진보는 좋아하지 않으나 혁명은, 테러는 찬미한다. 현재보다 더 강한 경험의 반복이 절실하다. 그래야 현재물이 그에 비해 허해 보이고, 희귀하게 보일 것 아닌가. 역사는 항상 비열함을 선호했고, 일상에서 벌어지는 이 비열한 장면들이 절망스럽다. 역사는 나쁜 것과 강렬한 것을 혼동한다. 최악이었던 것도 한때가 되어버린다. 사회가 열병을 앓는다. 자기가 알고 있는 것으로 가고, 자기가 알고 있는 것 속으로 들어가 부대끼고 자지러지니, 자기를 눈부시게 마비시킬 만큼 좋은 것만 찾는다. 인류를 흥분시키는 것, 이것이야말로 인간 삶의 양식이라 영구히 정의될 것이다. 살육! 맹수를 흉내 낸 극악.

*

동물원의 모든 동물 중 인간이 최대의 학살을 자행해놓고도,

맹수들의 취향, 외모, 포식, 간계, 살육을 다 모방해놓고도, 맹수들의 반격에 덜덜 떤다.

그러면서도 제 근원이 동물인 것을 수치스러워한다.

어떤 경우 완전 몰살당했다.

주민 대다수가 수집품 및 목축 대상으로 전락했다.

인간 종은 다수의 다른 동물 종에서 빼내진바, 자연이 그들 운명을 그런 식으로 부여해서였고, 그런 운명 덕에 생이 그들을 소생시켰다.

제76장
:

 루이 코르데스[1]는 그걸로 상업을 했다. 내 친구였다. 루이는 검은 눈을 가지고 있었다. 나프타에 넣은 화석 물고기 눈.
 서서히 광물화된 지느러미, 척추고리, 머리뼈, 검은 눈.
 이 물고기들은 살아 있을 때는 물속에서 살았다. 인간보다 훨씬 전에, 공룡보다 훨씬 전에, 꽃들보다 훨씬 전에.
 날것(生)들이 이들을 질식시켰다.
 이어 고갈, 진흙 속에 꼼짝없이 묻혔다.

*

 움직일 수 없으니 다른 헤엄을, 더 신비한 헤엄을 쳤다. 시간을 건너왔다.

---

[1] Louis Cordesse(1938~1988): 프랑스 마르세유 태생의 화가, 판화가. 파스칼 키냐르의 『소론 Petits Traités』에 그에 관한 글이 실려 있기도 하며, 『땅, 공포, 흙의 단어들 Les Mots de la terre, de la peur, et du sol』 등 키냐르의 몇 권의 책에 그의 판화 작품들이 삽화되어 있다.

제76장

 그들 수의가 우리 뼈를 지나갈 것이다.

 화석 물고기는 앙코르 혹은 카르타고 유적보다 더 시간이 감질난다. 만지는 것이 시간이므로.

 우리는 우리가 관조하는 세계를 석화(石化)하지 않았다. 루이가 계속해서 자유롭게 그리고자 상업화하려는 것이 바로 이 돌들, 아니 이 작은 화석들로, 아킬레우스 혹은 길가메시 혹은 아네호몹테프를 회상하는 책장들보다 훨씬 실제적인 물건을 보유해서다.

제77장
:
시간의 깊이에 대하여

신은 과거가 되었다.

선사 시간의 길이가 전혀 새로운 것이 나왔다.

1861년 에두아르 라르테[1]는 과학위원회로 하여금 인간이 대홍수 이전부터 있었다는 사실을 인정하도록 하기에 이른다. 여성과 남성의 현재 몸이 지금은 멸종되고 없는 동물 종들과 같은 시대에 있었다는 것이다.

라르테는 말했다. 우리의 공포는 동굴 속 곰과 매머드, 들소들의 그것과 동시대이다.

제1회 선사학회가 1906년 페리귀외에서 열렸다.

과거의 확대는 눈부신, 폭발적인, 감동적인 사건, 어쨌거나 앞서 10만 년을 산 인간 종한테는 특히나 가슴 벅찬 사건이다.

과거는 **계시적***apocalyptique* 견지에서 하나의 사건이다.

---

1) Édouard Lartet(1801~1871): 프랑스의 지질학자, 고생물학자. 1837년 프랑스의 신생대 제3기 마이오세 중기 지층에서 플리오피테쿠스의 하악골을 발견하였다. 이어 마이오세 후기 지층에서 드리오피테쿠스의 하악골을 발견하였다. 오리냐크와 마들렌 동굴을 발견하고, 인류화석 최초의 고생물학적 연대학을 제창하였다.

제77장

*

20세기 제2차 세계대전 중 고대 동굴에서 출토된 발굴물이 끝없이 보고되었다. 라스코 동굴은 1940년 9월 12일 발견되었다. 20세기 후반에서야 무더기로 이 동굴들을 발견한 것이 새삼스럽다. 왜냐하면 그토록 찾았으니까.

심연을 비워냈다.

암벽들, 무언가 은닉하고 있을 만한 구릉들을 모두 파기 시작했다.

그런데 우연의 일치 그 이상의 것이 있다.

요구하면 유일무이한 증여물을 얻는 것일까?

1933~1945년 전화(戰火) 속의 의도치 않은 숱한 화장(火葬) **이후** 그 세심한 매장 발굴.

이 옛 '휴머니티'가 반인류 **이후**의 부식토에서 나온 것이다.

바야흐로 새로운 시대가 열리니, 이제 과거와 시간이 더 이상 같은 위상이 아니었고, 같은 깊이가 아니었고, 같은 증여물을 대표하지 않았다.

지배하고 유린하는 모든 이미지의 기원으로서 우리 세계로 돌아온 어둠 벽면 위 형상들의 이 극적인 난입.

*

제77장

14세기부터 유럽은 파이기 시작했다. 스스로 고대가 되기를 멈추지 않았다. 우선은 필사본, 주화, 조각상들이었다. 이어 도시, 매몰지구, 수도교와 사원. 그리고 피라미드. 구석기 동굴들이 **마치 고안된 듯** 유럽 지대에 속속 당도했다.

창공의 별들처럼.

*

도서관과 박물관이 교회와 왕궁을 계승했다.

새로운 성지에서 단원들 모두 재발견된 것도 상실한 것도 아닌 어떤 것(오시리스의 **성기**[2])의 둘레에서 입 다물고 조용히 제례를 지내기 시작한다.

더 종교적이고, 더 신화에 열광하는 사회, 과거의 반영에 자아 도취되는 사회. 시간을 넘나드는 텅 빈 외피 둘레를 끝없이 도는 양 떼, 뿔 짐승들, 꿈들.

*

대발견이 이루어지던 때 라틴 교회가 기지(既知) 세계 전체에

---

2) 가령 파리 콩코르드 광장 한가운데, 이제는 관광지가 된 새로운 성지 한가운데 우뚝 서 있는 오벨리스크(이집트 룩소르에서 공수해온), 오시리스의 성기를 보며 우리는 감탄한다.

제77장

파급되었으니 경악할 수도 있었다.

예수의 집에서 아람어, 히브리어, 그리스어가 아닌 개선문과 십자가로 대표되는 박해 언어에 불과한 로마인들의 언어가 말해질 자격을 얻었으니 대경실색할 노릇이었다.

*

왜 바이킹족들은 그들 역사와 아무 상관없는 사어(死語)에 덜미를 잡혔는가?

아스텍인들은 라틴어로 접어들었다.

중국인들은 인도 및 이방 문명을 퍼갔으며, 일본인들은 한국인들의 문명을 강탈했고, 중국 동부 관문들의 상관을 털었다. 일본 불교, 중국 불교, 인도 불교는 붓다라는 이름 너머에서는 그다지 많은 연관성이 없다. 원시 인류라 할 유인원들은 동물적 포식을, 지략을, 함정을, 풍습을, 춤을, 언어를, 문화를, 의복을 근심하고 연연하는 탐사 속에 그들의 모든 세계를 길었다. 모방의 제1모드는 잡아먹고 싶은 유혹이다.

테미스토클레스[3]는 과거가 혼을 결코 떠나지 않아 괴롭다고 하소연했다.

---

3) Themistocles(B.C. 524?~B.C. 460?): 고대 아테네를 해상강국으로 만들었으며, B.C. 480년 살라미스 해전 때 탁월한 해군 전략으로 그리스가 페르시아에게 넘어가는 것을 막았다.

제77장

언젠가 도시 알렉산드리아의 한 사내가 그에게 기억술을 제공했다. 테미스토클레스는 그림을 손으로 떠밀며 팔로 그 사내를 잡고는 간청했다.

"망각하는 술(術)을 주시오."

알렉산드리아의 사내는 그가 왜 이러는지 몰랐다. 그의 손을 뿌리쳤다. 뒤로 물러섰다, 아고라에서.

테미스토클레스는 그대로 웅크렸다. 그리고 이 이집트인의 성기를 더듬었다. 그의 무릎을 움켜쥐고 애원했다.

"망각하는 술을 주시오."

*

샤를마뉴의 유럽은 제 르네상스를 고대 로마인들에서 찾아냈고, 고대 로마인들은 제 르네상스를 아테네라는 아크로폴리스를 중심으로 한 고대 그리스 도시 국가에서 찾아냈다.

베네치아 유럽, 피렌체 유럽도 그랬다.

샤를 5세, 프랑수아 1세, 나폴레옹, 무솔리니, 히틀러가 그것을 계속한다.

나는 탄생 지대와 새벽 지대를 대치시켰다.

이누이족은 수천 년 동안 불편 속에 살았다. 이누이족이 발견되었을 때, 사람들은 왜 이런 추위 속에, 이런 기근 속에, 유럽과 아메리카 사이에 놓인 이 혹독한 일종의 빙각 위에서 살았느냐고

제77장

물었다. 그들이 대답했다.

"우리는 태양을 따랐을 뿐이다. 태양이 하늘에 그 모습을 보이며 약속한 곳에 우리는 멈추었다. 우리는 항상 먹이가 있는 곳에서 살았다. 새벽 지대에서, 곰들과 순록 사이에서."

새벽 지대, 이런 것이 과거라는 이름의 지대이다.

*

엥겔스와 마르크스는 찰스 라이엘[4]의 『인간의 고대』를 읽고 심히 동요했다. 인류 시간의 그 놀라운 내적 확장성에 적잖이 당황했다. 인류 발생 기간에 해당되는 그 어마어마한 비율 분포는 매우 느린, 거의 무한에 이르는 변동을 전제하고 있었다. 하늘, 바다, 지구의 형성과 형태의 변화 및 종의 진화로 이제 창조의 근원을 외부에서 찾지 않아도 되었다. 신적인 것도 아니고, 재앙적인 것도 아니다.

지속 기간이 소용될 뿐이다.

과거는 자체 발생이 될 때까지 충분히 팽창했다.

분화, 양성 생식, 개체가 되는 인간 종의 운명. 접합, 합체, 분열이라는 인간사의 마르고 닳지 않는 변형. 이타성의 도움으로

---

4) Charles Lyell(1797~1875): 스코틀랜드의 지질학자. 모든 지표 모양은 오랜 기간에 걸친 지질의 물리적·화학적·생물적 과정을 통해 이루어진다는 이른바 '동일과정설'을 알리는 데 공헌했다.

제77장

공통 밑바닥이 끊임없이 움직이니 포기하고 한순간도 평화 상태에 있는 법이 없으며 전체 구도도 못 잡는다.

*

과거는 전날 생겨 이 세계 표면 위로 이제 겨우 나온 여리고, 갓 구운, 부서지기 쉬운 산물이다.

전례 없는 선사 고고학 및 민족학이라 불리는 인류학 연구로 전(前)역사 차원에서 보면 역사 범위는 일거에 축소된다.

고고학자들과 인류학자들은 연속적 5대 문명을 4대 기록 문명으로 축소했다.

시간의 숲 앞에서 인간 역사는 셋 혹은 넷의 좀스러운 괴벽의 신들한테 감독당하는 작은 소나무 분재의 외양을 하고 있다.

과거는 깊이로, 그 전설이 비명 한 번으로 끝나버린다.

만일 인간 경험으로 그 깊이를 보고한다면, 기독교 문명은 시간의 눈에서 떨어진 속눈썹 한 털에 불과하다.

*

갑자기 거대해진 태고.

호모 사피엔스 사피엔스는 짧은 도래(到來)와 더 짧다면 더 짧은 미래(未來) 사이에 살았던 종이었다.

제77장

산 것보다 훨씬 더 짧은, 살아야 할 것.

과거는 앞선 2~3세대와 공유된다. 자자손손 돌리는 성과 이름. 미래, 그것은 살아남기의 삶이다. 선조는 가능한 한 생명과 재산을 후손에게 물려주고, 후손은 선조의 유지를 받들어 유산을 보존한다. 인생의 목표는 말린 것을 다시 펴는 일이었다. 탄생을, 성을, 이름을, 노래를, 노고를, 봄을, 발육을, 호칭을, 기도를 되돌아오게 하는 일.

14세기부터 유럽에서 호모는 시간의 계량적·기술적 지시체의 고안으로 느닷없는 무차원적 도래──거대한 기억──로 이행했다.

원시 사회의 발견물들과 저 먼 문명들이 불쑥 쌓이고 쌓인 거대한 도래.

*

거대한 도래, 그 속에서 인간 종은 점진적 현재로부터 시작해 올 것에 더욱 쏠리면서 제 본래 점(천구의 태고의 문)을 바스러뜨렸다. 지난 것을 증오하는 입장의 현재를, 말살자 미래 입장의 현재를, 모든 것을 미래화하는(개인적 영생, 여가, 휴가, 종신), 신용 담보의 현재를 고안하며.

두 입장이 경쟁하고 있는 것이다. 옛날 입장과 신용(크레디, **크레도**, 신앙) 입장.

고대 인간 사회는──재래(在來)의 재래(再來)를 본보기로 삼는

제77장

옛날 입장——모든 것에서 쇠락만을 보았다. 고대 인간 사회는 발상지의 폐허처럼 시간을 살았다. 옛날을 점점 더 환영적인 귀신처럼 상상했다. **절대 노장** senex.

화폐 및 탐험 사회는——유지해야 할 신용과 미래의 이익에 대한 믿음에서 비롯된 투자를 본보기로 삼는 신용 입장——실제 현실을 투사된 현실로 바꾸었다. 미래의 삶을 위해 현재의 노동을 인내하게 만들었다(다음 여행, 가족의 발전, 자녀들의 학업, 저축, 투자, 투기). 절대적 내일 입장. **절대 아동** puerilitas.

현실화에 목매며 진보밖에 보지 않는 사회. 진행 현재 한가운데서 과거의 유치함을 보며 웃음 터뜨리는 사회.

어린이——고대 사회에서는 거의 존재감이 없었을 뿐만 아니라 망나니 같고 아직 미개하며 언어적으로도 무능력한 동물성으로나 인식되었던——가 고대의 답습성에서 빠져나와 가족의 위대한 신성이 되었다.

*

(1) 쇠락(데카당스)이든 진보든 모두 종교적 신앙이다. (2) 미래의 주입 역시나 과거의 상기만큼 지겹고 허한 일이다. 국가는 국민을, 어린이를 미래에 복종하게 만드는 의무 교육을 통해, 의무적 미래에 몸 바치게 한다. '지금 이런 것'에서 '**한때 그랬던 것** Ce fut'을 바라보며 씨까지 다 말리고 싶은 증오.

제77장

세대의 교차로마다 일어나는 라이오스[5] (왕-아버지) 살해.

그리고 라이오스 속의 라브다코스[6] 살해.

그리고 라브다코스 속의 폴리도로스[7] 살해.

그리고 폴리도로스 속의 카드모스[8] 살해.

그리고 용의.

그리고 스핑크스의.

'내가 자라면'에 바쳐지는 죽은 영혼들.

---

5) 라이오스는 테베의 왕 라브다코스의 아들이자 오이디푸스의 생부이다. 생부인 줄 몰랐던 아들 오이디푸스에게 살해당한다.
6) 라브다코스는 왕권을 차지한 지 얼마 되지 않아 테베 왕 판티온과 싸우다 죽고 말았다. 그에게는 한 살밖에 되지 않은 아들이 있었으니 그 아이가 라이오스였다.
7) 카드모스와 하르모니아의 외아들로 카드모스가 죽자 왕위를 잇고 닉테이스와 결혼하였는데, 그녀는 닉테우스의 딸이었다. 폴리도로스는 갑작스러운 의문사를 당했고, 아들 라브다코스는 아직 어려 닉테우스가 섭정하였다.
8) 페니키아의 왕자로 제우스가 납치해간 여동생 에우로페를 찾아 전국을 헤매었다. 암소를 뒤따라 다니다가 암소가 지쳐 쓰러지는 곳에 도시를 건설하라는 신탁을 받는다. 마침내 그곳을 발견하는데, 용들이 나타나 부하들을 죽인다. 아테네 여신의 권고로 용의 이빨을 땅에 심었더니 거기서 무장한 병사들이 나온다. 이들은 카드모스와 함께 도시를 건설하는데, 이 도시가 테베이다.

제78장
:
장자의 새

시간이 더 스칠수록 시간이 더 새겨지고, 그래, 더 보이게 된다. 존재자들 가운데 존재 중인 자로 있듯, 시간은 말하는 자들에 의해 감지된다.

메시아의 죽음에 갑자기 시간은 **막 포효할 준비를 하는 호랑이처럼** 수축되었다. 사도 바울의 편지 1, VII, 29.

20세기의 죽음들 이후 갑자기 시간은 **하늘을 맴도는 독수리처럼** 그 날개를 펼치었다.

이것이 장자의 새이다. 이 고대 중국의 은둔자가 말한 9만 리 장천을 나는 붕새의 **짐작할 수 없는 날개폭**이다.

사도 바울에게는 세계의 종말이, 올 날이 두 손가락 사이만큼 되었다. 바울은 손가락으로 시간의 끝을 만질 수 있을 것만 같았다. 주님 앞에 무릎을 꿇고, 역사의 외투 옷자락 끝을 만질 수 있었다. 아포칼립스의 움직임이 시작될 수 있었다(시간의 천이 벗겨진다).

우리에게, 아포칼립스가 일어났으니, 천을 들어 올리니, 과거가 그 어마어마한 심연의 깊이를 하고 있는 것이다.

제78장

현기증 나는 시간의 엑스터시.

*

알트도르퍼[1]가 알렉산드로스 대왕을 다뉴브 혹은 레낭의 의상을 입혀 그렸듯이, 우리는 과거를 있는 그대로 우리한테 데려오지 못한다.

*

20세기 후반, 과거 내에서, 과거의 이타화(異他化)가 있었으니, 사랑받고자 함이었다.

타자Alter가 된 과거.

그리고 **신**Deus이 된 **타자**Alter.

*

우리는 탄생의 조건에, 우리 모두를 낳아준 여자의 눈빛에, 어머니의 미소에, 어머니가 지시하는 모델에, 새벽에, 과거에 헌신한다. 우리 안에는 우리를 만들어준 자들의 마음에 끊임없이 들

---

1) Albrecht Altdorfer(1480?~1538): 독일 르네상스기의 화가. 낭만적인 정서가 가득 흐르는 그림을 많이 남겼으며, 독일 숲과 산악에 대한 무한한 애정을 표현하였다.

고 싶어 하는 어떤 것이, 사실은 그들인 것이 있다. 그들이 다른 존재 속에 투영시켜놓고 그들 생 너머에서도 유혹하는 그들. 그래서 할아버지들이 아버지들 속에 스며들어오고, 상할아버지들이 할아버지들 속에 스며들어오고, 조상들이 조부들 속에 스며들어오고, 홀리는 시선이 조상들 속에 스며들어오는 것으로, 과거에도 이런 식으로 태고가 놓이려 한다.

*

옛적에 자연은 소위 아름다울 수 없었다. 수만 년간 자연은 한 번도 아름답다고 느껴진 적이 없었다. 고대인들은 그 이미지를 모사해보려고 한 적조차 없었다. 그 권위, 그 자명함, 그 동물상, 천체적·기상적·식물적·동물적 지배, 끝도 없는 모습 등이 미(美)라는 개념을 초월했다. 수도 없이 많은 도시들이 땅을 짓이겨 여유 공간은 모조리 건물과 도로로 뒤덮고 나서야 자연의 아름다움이 보였으니 비로소 그때 자연미를 깨달았다. 아름다운 것은 잃은 뒤에야 깨닫는다. 상실이 그 얼굴을 바꾸었다.

*

18세기로 거슬러 올라가 공포정치 때, 부르주아는, 아니 귀족도, 아니 부농도 가짜 전통을, 가짜 고전을, 가짜 폼페이를, 가짜 고딕을, 가짜 농경 사회를 구축했다. 근대조차도 가짜다(가짜 주도자, 비자발적 새로움).

내가 지금 적고 있는 것들은 백과사전의, 개인용에 불과하긴 하지만, 별표[2] 사이에, 마지막 깨알 같은 글자들 사이에 들어간다.

지금 세상은 무엇이 무엇인지 모르겠으니 제 향촌에서나 헤맬 작정을 한 어떤 늙은 문인의 찬장 오른쪽 서랍에 들어갈 왕국의 마지막 장부.

21세기부터 진정 과학적이라는 것은, 태생적 잡식 놀이를 그만 고집하는 것이었다(비록 잡식성이 변신처럼 기본 속성이라 할지라도).

나는 우선 내가 경험한 모든 만남들의 이런 실제 상태에 놀랐다. 내 고유의 호기심은 문들은 있으나 닫혀 있고, 경계가 있고, 증가하면서 더 공고해지고, 벽이 생기는 머리들과 충돌했다.

전문성이 늘어났다. 한 대상에 대해 분명해지면 분명해질수록 그 영역은 더 제한되고, 실질적, 국제적 참고 자료들은 더 많아진다.

고대적 호기심 *cura antiqua*에 비하면 아무것도 아니다.

학문이 태어나 빛을 볼수록 왠지 더 도덕적이고, 동떨어지고,

---

[2] 지금 이 책에 실린 간헐적으로 나오는 별표를 뜻한다. 흔히 중간에 나오는 별표(보통 세 개를 찍지만)는 다른 개념이나 내용으로 넘어가는 것을 뜻한다. 소설보다는 이제 이런 "개인용 백과사전" 같은, 편린(片鱗)의 글쓰기를 하는 키냐르의 책에 찍힌 별표는 닫고도 여는 문과 같다.

금기이고, 비현실적인 어떤 형물이 되어갔다. 15세기 르네상스인들에게는 아무것도 아닌 것이. 18세기 백과사전파들에게는 아무것도 아닌 것이. 단테와 토마스에게는 아무것도 아닌 것이. 다빈치에게는 아무것도 아닌 것이. 지식이 컴퓨터 하드디스크 방에 나뉘어 들어가 있다. 이 조각들은 접근 용이하며 언제든 소통될 수 있으나 이주 욕구로 모이지 않으면, 그 특별 상태로 방랑적 탐색을 추구하지 않으면 서로가 서로를 넘나들지 못한다.

제79장
:

 파스칼에게 영원한 심연은 어떤 것일까. 뇌이이 다리[1]에서 본 센 강.

 뇌이이 다리에서 본 센 강이 심연이다. 이런 것이 바로크적 감성이다.

*

 의인화 가능성의 돌연한, 완전한 파괴. 자유를 부르짖는 자들,

---

[1] 뇌이이 다리는 파리 북동부, 지금의 라데팡스 지구와 이어지는 다리이다. 블레즈 파스칼은 1664년 말, 네 마리 말이 끄는 마차를 타고 뇌이이 다리를 건너다 죽을 뻔한 사고를 당했다. 말들이 다리 아래로 떨어졌지만, 다행히 차체는 난간에 걸려 파스칼과 동행자들은 무사히 목숨을 건졌다. 하지만 예민한 파스칼은 그 자리에서 기절하여, 15일 만에 깨어났다. 11월 23일 밤 10시 반에서 12시 반 사이, 의식이 돌아온 파스칼은 강렬한 종교적 투시 체험을 하게 되고, 급히 떠오르는 대로 글을 적어내려가기 시작했다. "불. 아브라함의 신, 이삭의 신, 야곱의 신. 철학자들은 아니고, 학자들도 아니고……"로 시작되는 이 글은 시편의 문장처럼 "절대 이 단어들을 잊지 않겠나이다, 아멘"으로 끝난다. 파스칼은 이 글을 적은 종이를 외투 안에 실로 꿰매어 달고 다녔고, 옷을 갈아입을 때마다 또 이 종이를 옮겨 달았다. 이 종이는 파스칼이 죽은 후 한 하인이 우연히 발견했다.

제79장

데카르트파들, 스피노자파들, 비극적이고 심오한 프랑스식 바로크, 읍소하는 영국식 무아지경의 바로크가 그것이었다.

교회가 보인, 르네상스 말 신(新)이교주의보다 더 탈선적인 멜랑콜리.

*

라로슈푸코 공작[2]이 귀양에서 풀려나 사블레 부인의 살롱을 찾게 되었을 때, 롱귀빌 부인과, 그리고 둘이 야합으로 난 아들에게 가까이 다가갈 수 있는 최상의 방안을 거기서 찾아냈다.

귀양을 떠난 후 아들은 한번도 보지 못했다. 아들을 껴안았다.

그한테는 심연의 고통인 여자의 얼굴을 다시 보았다.

이 고통에서 그는 하나의 스타일을 만들어냈다.

유배에서 돌아온 후 그 심중의 비밀이, 가혹함이, 고통이, 환

---

2) François de La Rochefoucauld(1613~1680) : 17세기 프랑스 고전작가. 당시 살롱에서 유행하던 문학 양식에 따라 간결, 명확한 문체로 인간 심리의 미묘한 심층을 날카롭게 파헤친『잠언과 성찰』(1665)을 썼다. 명문 귀족의 아들로 군복무를 마치고 궁정에 들어갔으나 다정다감한 성격 때문인지 자주 정치적 음모에 휘말려 투옥되고 귀향 가는 등 삶에 파란이 많았다. 프롱드 난 때는 반란군을 지휘하다 목에 큰 부상을 입기도 했다. 이후 정치적 야심을 버리고 파리의 살롱에 출입하며 사색과 저술에만 온 생애를 바쳤다. 스퀴데리 양, 사블레 부인의 살롱에서 세비녜 부인, 라파예트 부인 등과 깊은 우정을 나누었다. 인간 본성의 허실을 깊이 체험하고 자각한 라로슈푸코 공작의 시선은 신랄하고 염세적이며 인간의 위선을 고통스러울 정도로 날카롭게 묘사한다. 당시의 이런 페시미즘은 17세기 프랑스 고전주 살롱 문학에 깊은 영향을 미친 얀세니즘 및 포르루아얄의 사상과 맥을 같이한다.

멸이 작은 종이에 가득 채워졌다.

옛사랑을 다시 만나는 것만큼 잔인한 시련이 있을까? 가름막이 놓인 듯한 갑작스러운 거리감? 돋아나는 차가운 슬픔? 온갖 예의를 차리는 중에도 울컥하는 분노?

그는 자신의 옛 정인을 따라 얀센파가 된 에스프리를 알게 되었다. 롱귀빌 부인한테서 에스프리를 빼내왔다. 그리고 라파예트 부인과 깊어졌다. 그에게 데카르트 기사의 『정념에 관한 담론*Discours de passions*』을 읽으라고 건네준 것은 사블레 부인이었다.

사블레 부인은 "사람의 마음은 초롱불로 밝히듯 더듬어야 한다"고 했다. 초롱불은 모두에게 통하는 수사적 잠언이었으며, 각자 더 완전을 기해 먹먹한 깊은 사람의 심정 속으로 들어가라는 것이었다.

거기 마치 바닥이 있다고 보고.

라로슈푸코는 사블레 부인에게 이렇게 썼다. "잠언에 대한 욕구가 감기처럼 퍼집니다."

전염병 같은 격정.

아직도 더 가는.

이 **거의 정치적일 지경인 파편화에** 대한 집요하고 불편한 심려.

피로 얼룩진 사회적 관계, 다른 모든 이들의 탐을 탐하는 탐스러운 속물 사랑, 염세적 공모, 음산한 대결, 이익과 악의로라도 인간들의 감정을 꿰뚫으려는 투쟁이 에스프리와 라로슈푸코를 서로 분간이 안 될 정도로 하나로 만들었다. 그들은 암시로 통했다. 야생 고사리가 예리한 돌 끝처럼 날렵한 종잇장을 따라 이어진다.

제80장

:

모더니티

모더니타라는 개념은 11세기에 등장했다.

기독교인 대 로마인처럼 **모데르니**_Moderni_는 **안티키이**_Antiqui_와 대립한다.

에덴과 천국 사이의 고통의 수련처럼 인간 생애의 진짜 생은 세번째 세계로 옮겨졌다. 기원이자 과오인 옛날 다음의 지금 현재가 중간 세기, 즉 미래의 영생 세계에 다시 태어날 자들이 태어나기 바로 전이 **중세**_media aetas_이다.

당시 기독교인들은 인간의 역사를, 태고를 다 없애버린, 그리하여 점점 빛이 밝아오는 3단계 점진성 시간으로 정의했다.

먼저 고대라는 이교적 음지.

파문당한 자, 다시 이단에 빠진 모든 원죄 시도자들이 사는 지상의 어렴풋한 빛.

구원자들을 위한 천상 낙원의 밝은 빛.

12세기, 사회사적으로, 조상과 후손 간의 역사적 거리가 처음으로 심연처럼 느껴졌다. 기독교 세력이 불 지른 이방의 필사본들, 비잔틴과 아랍 세계를 되돌려놓아야 할 것이었다. 심연은 자아와

타자 사이에서, 고대와 근대 사이에서 벌어진다. 아찔한 심연.

한 세기 후 페트라르카가 그 중세를 이 심연 속에 넣음으로써 중세라는 개념을 되돌려놓았다. 음침하고, 반달적인, 고딕적인, 무질서한, 호전적인, 적대적인 데카당스가 되어버린 중세. 그러나 페트라르카는 여기에서 근원을, 근원이라는 훨씬 더 싱싱하고 지고한 빛을 보았다. 기독교적 · 점진적 · 직선적 구도관(이교도적 음지, 지상의 어렴풋한 빛, 천국의 찬란한 빛)이 원으로 대치되었다. 어린이, 노인, 다시 어린 시절.

기원, 쇠락, 재탄생.

고대, 중세, 르네상스.

*

르네상스는 이교적 · 공화적 · 인문적 · 이론적 음모다. 기독교 측이 자행한 천년 전통을 뿌리째 뽑는 의도적 말살을 용케도 모면한 아랍과 비잔틴 세계에서의 발굴을 통해 구두성의 미숙한 전승이 아닌 기록성의 전설적 전승을 꾀한 것이다.

15세기 이탈리아 르네상스는 반전제적이고 반기독교적인 이런 변신의 가장 아름다운 순간을 만들어냈다.

그러나 가장 위대한 르네상스는 20세기 말이다. 세계는 21세기 초 기간이, 심연이, 현기증이, 지식이, 동물적 · 생물적 · 자연적 · 우주적 유산이, 더 정확히 말하면 역사 시대로는 상상이 안

되는 유산이 더 늘어났다.

20세기의 본성은 무한한 과거의 이양이다.

선사학의, 인류학의, 정신분석학의 발명은 과거를 무한하게 하고 지대 전역으로 확장시킨다(폐허의 땅).

거의 모든 언어로 번역.

처분 가능한 모든 이미지들의 요약과 전달.

모든 사회적·발명적 경험의 축재(蓄財).

한 세기간 그들 후손들과 그들 언어와 더불어 존속한 이 땅의 모든 사회들은 **미디어**media를 통해, 다소 자체 동기화됨으로써 서로 소통한다. 개인의 가계사적 시간, 인류의 역사적 시간, 자연의 연대적 시간, 생명의 진화적 시간, 물질의 시간, 땅의 시간, 별들의 시간, 우주의 시간은 한 번의 도약만 할 뿐이다.

*

기원 이후 최초로 대홍수 후기에서 출발해 내적 인간 경험에 닿은 무한한 이전성(以前性).

*

왜 과거는 미래보다 항상 더 클까? 대칭되는 다른 세계가 역동적 작용으로 상생하고, 거기 여전히 신비적이면서도 전(前)근원적인 것이 자연 발생한다. 인간계가(미래라고는 어린이밖에 없는) 태생의 상류에 다른 세계(계통적·사회적·자연적·동물적·태생적·항성적·신화적)를 세운다.

  탄생은 시간의 유일한 시원성이다. 단 하나의 날짜가 솟는다. 이 날짜로 시간이 찢어지며, 사후성이 생기고, 언어 한가운데서 보이지 않는 과거(고인)와 언어 없는 미래(어린이)가 양립한다. 미래란 다시 태어나는 일 그 이상은 아니다.

제81장
:
문법학자 퀸틸리아누스

죽음이라는 비동기성(非同期性)이 있듯 시간이라는 비동기성이 있다.

이것은 문법학자 퀸틸리아누스[1]의 말이다.

"다 말해지지 않았다."

언어에는——뇌를 늘리는 것처럼 시간을 지어내서——말한 것이 절대 완벽해지지 말라는 일종의 태만이 있다. 인간의 말하는 능력에는(다시 말해 비의지적이고 자연언어적인 것이 전무한 고안), 표출적이고 파괴적인 힘이 있는바, 이런 언어 결과물은 그 어떤 것도 완벽할 수 없다. 표현의 야망이 이미 표현된 것보다 더 큰 법이다. 근대인이 고대인보다 더 많은 모델을 갖는다. 겐코 법사[2]의 역설이 이것이다. 후대인이 선대인보다 기회가 더 많으

---

1) Marcus Fabius Quintilianus(35?~95?) : 고대 로마 제정 초기의 문법학자, 수사학자. 웅변, 수사학의 교과서이자 인간 육성에 관한 글인 『변사가의 육성』을 저술했다.
2) 요시다 겐코(吉田兼好, 1283~1352) : 중세 시대 일본의 승려이자 문학가. 대표작으로는 자연, 연애, 예술에 대한 그의 사색과 더불어 불교적 인생무상을 그린 『도연초(徒然草)』(1330)가 있다. 말년에는 쿠니미야마(國見山) 닌나지(仁和寺) 근처에 풀로 암자를 짓고 은자로 살았다.

니, 더 튼실하다. 고깃덩어리를 더 먹은 고깃덩어리이다.

늦게 온 자들에게 영역이 더 깊고,

늦게 온 자들에게 시간의 방향을 잃어버릴 일이, 모순에 부딪힐 일이, 부정형(不定形)으로 파편화될 일이 더 많다.

*

문법학자 퀸틸리아누스는 에우리피데스를 인용했다.

늦게 온다, 왜냐하면 그것이 천성적인 신성이기 때문이다.

사냥의 연역물에 다름 아닌 인간은 오는지 살핀다.

맹수의 연역물에 다름 아닌 신은 늦게 온다.

이것이 시간의 인간식 구조의 원초적 장면 가운데 하나이다.

여파, 연착, 응시.

*

문법학자 퀸틸리아누스는 전 인간 시대 역사 가운데 자신의 시대보다 더 행복했던 때는 없었다고 하는데, 왜냐하면 과거로부터 받은 증여물이 넘치기 때문이다. 만일 내가 퀸틸리아누스 시대와 나의 시대를 비교하면, 또 나와 그를 비교하면 나의 시대가 당연히 더 그러하다 할 것이다. 날로 빛은 싱싱하고, 날로 황금 시절이다.

제81장

*

 만일 한 시대가 그 시대를 앞선 계절들과 거기서 퍼진 햇살을 받아 맺힌 열매로 평가되는 것이라면, 지금 계절이 최고로 아름답다 할 것이니, 세계 기원 이래 줄곧 무르익어와서다.

 매 시대가 최고로 경이롭다.

 매 시간이 최고로 깊다.

 매 책이 최고로 고요하다.

 매 과거가 최고로 흘러넘친다.

제82장
:

45만 년 전 아라고의 콘 동굴[1]에 들어갔던 토타벨의 그 사내가 1971년 나왔다.

인간 사회 및 자연언어의 무척도성을 이유로 우리한테 과거는 단위가 아니다.

언어학적으로, 가장 큰 분산 지대(가장 큰 발산 지대)는 이른바 가장 옛 지대이다.

가장 큰 이질 지대는 이른바 시원 지대다.

*

비척도를 터무니없이 재고 있구나! 지상의 어떤 암석들은 **아무리 못 되어도** 35억 년 전부터 있었다. 태곳적부터 생식된 것들이건만. 그 아찔한 깨달음. 자연물은 인간 영역에서 제해지는 것이 아니라, 아마 우리 바깥에 있는지 모른다. 우리가 그것들을 제하

---

[1] 프랑스 남부 피레네 오리앙탈 지방 토타벨 마을에서 발굴된 선사 시대 유적지.

는 것이 아니라 우리가 제해지는 것일 게다. 하늘의 빛은 스스로 밝다(『에티카』 2장 43). 투명함, 그저 흘러가는 것. **알다** *connaître* 와 **존재하다** *être*의 양립 불가능. 시대는 폭포이며, 시기의 단층 변화가 있으나 대하(大河)는 그런 것 따위에 일별(一瞥)도 주지 않으며 인간의 지각조차 허락하지 않는다. 그 어떤 시간 영역에서도 결코 산정할 수 없는, 전적으로 이해 불가능한 타(他)세계. 더 잘 보리라 닦아내는 현미경보다 더 강력한 현미경을 제조할 필요가 있다. 모든 이들의 시선 아래 있는 시나고그 때문에 히브리어가 내 입에서 빠져나갔다. 나는 사어(死語)를 택하고, 내 생애를 이 말에 바치기로 하며, **베네딕투스**로 나를 세례한다. 시간적 실체는 절대적 **타자성** *Alteritas*. 오다. 올 것이 왔도다. 신. 그러나 **아무도 모르는 은신처** *Asylum ignorantiae*. 경계벽을 통과하여 홀연히 자지러지며 행여나 제 모습을 비출세라 뒤로 물러나는 것이 제 스스로 빛 속에 섞여드는 경향이 있어서다. 그러나 죽음이야말로 전체가 영향받는다는 것의 증거이다. 성(性) 혹은 시간처럼 모든 것이 툭툭 끊어진다.

*

늘어나는 지식? 그런 것은 없다. 비례해 모르는 것이 더 생기면 생기었지.

빛이 자욱하게 그늘을 비추나 빛에 또 그늘이 진다.

제82장

*

1945년 심연은 이렇게 말해질 수 있다. 인류라는 종은 꿈꾼 대로 되지 않았으며, 연습한 대로 되지 않았다.

애당초 휴머니티라는 것은 없으니, 휴머니티의 복원도 없다. 원래대로 돌려놓을 수 있는 것은 아무것도 없다. 정의란 믿기지도 않지만 우습기 짝이 없는 것이다. 세계는 역사로 말미암아 과거가 없어졌다. 그리고 과거로 말미암아 태고가 없어졌다.

*

특별한 휴머니티란 없음을, 의미란 부여된 것임을, 진리는 알 수 없는 것임을, 벗겨졌으나 밝혀지지 않는 것이 있음을 처음으로 깨달은 21세기의 우울한 양식.

멀고 먼 옛것을 더듬으며 강렬한 경이를 느끼는 시대. 근대 세상은 '답 없음'을 불평이나 하고 있으니, 그 '답 없음'이 그와 더불어 생긴 것을. 영영 답이 없는 것이, 무엇도 예측할 수 없는 것이 도리어 신명 나는 잔치 아닌가.

그 돌연한 침묵.

제83장
:
태고의 흔적들

 고대 일본에서는 사내가 사정을 하면, 그 작은 정액 방울을 추억의 현재라도 되듯 신줏단지 모시듯 했다. 손으로 자위해 사정을 해도, 그 타액 방울을 잘 훔쳐 한곳에, 바닥에, 리본에, 패에, 천 조각에, 과일에 묻혀놓았다.

 책을 읽으며 감초 잎을 씹는 지독하게 마른 한 사내를 나는 떠올린다.

 아르덴, 숲 가장자리, 추즈, 갑작스레 닥친 초상으로, 나온 길고 검은 드레스를 나는 본다. 앞뜰에서 사촌 잔은 창에 걸린 천을 버들채로 세게 친다.

 세브르, 플레이엘 피아노 옆 바닥에 갑자기 떨어진 누런 파피루스 종이.

 불면의 노란 둥근 달, 벗은 한 사내가 그랑-오귀스탱 둑길 주택 아래로 흐르는 검은 센 강을 살피며 끝없이 창가를 서성인다.

 안개 자욱한 보레 호수, 언덕 위에서 들려오는 사슴 소리.

 속옷을 다시 챙겨 입고 깊은 구멍가에서 조용히 헤어지는 두 사람.

제83장

욘 강가. 부식 방지 주황 사슬에 묶인 검은 나룻배가 물속으로 들어간다, 어두워진다.

고통의 비명 없는,

죽은 얼굴의 어두운 밤 추억.

젊은 독일 여인의 우는, 젖은 얼굴.

제84장

야스트

목벌꾼들이 나무를 베는가, 언치들이 파닥거리는가, 나룻배들이 짐을 부리는가, 바로 옆에서 들리는 소리인가 했는데, 강물이 내는 소리다.

*

태양에서 떨어지는 광선은 설명할 길이 없다. 우리 눈으로는 강물보다 더 설명할 길이 없다.

태양 광선은 우리 몸뚱아리보다 훨씬 더 갓 나온 것이다.

그 격렬함, 그 경이로움. 신기하게도 우리가 태어난 이후에도 줄곧 그리 있으니 마음이 놓인다. 하지만 보지 못한다. 너무 눈부셔 눈을 감아야 한다.

물보다 더 감촉할 수 없는 그 농도는 물보다 더 기이하다.

노란 장삼 스님들을 태운 작은 나룻배가 시암 강을 따라 내려간다. 태양에서 떨어지는 빛 아래 스님들 까까머리가 조용히 빛난다.

제85장
:
읽다

 1945년 겨울 끝 모하메드 알 엘 사맘은 말에 안장을 얹고 사바크라는 점토 용기를 찾아 떠났다.
 제벨 엘-타리프 지방의 나그 하마디 인근에 도착해 임시 거처를 정하고 곡괭이로 한 커다란 바위의 둘레를 팠다.
 구멍에서 무슨 소리가 들렸다.
 커다란 붉은 점토 항아리가 들어내졌다.
 곡괭이를 들어 올려 항아리를 내리쳤고, 가죽 장정 12권짜리 파피루스 서책을 꺼내 올렸다. 말에 다시 올라탔다. 그리고 알-카스르로 그것을 팔러 갔다.

제86장
:
읽는 중에 눈은 보지 않는다

무슨 소리가 끊임없이 말하지만,
혼 중에 끊임없이 헤매는 것,
눈이 보지 않은 것,
귀가 듣지 않은 것,
인간의 심장에서부터 올라오지 않은 것이 몰려온다.

*

눈이 보지 않은 것이 심장을, 사내와 여인으로부터 비롯한 심장을 엄습한다. 사내와 여인은 그것에 우선하고, 그것을 만든다.

귀가 듣지 않은 것이 마르고 닳지 않는 언어 가운데 답하지 않고 가만히 묻는다.

사람의 심장에서 올라오지 않은 것이 심연처럼 엄습한다.

제87장

:

옛것을 뒤지다

트로브리안드 섬[1]에서 현실은 늙고, 낡고, 닳고, 썩은 것으로 통한다. 태고만이 젊다. 이것이 증여의 기원이다. 땅과 바다의 탄생. 선조들의 얼은 신화이고, 신화는 그 유적들로 증명된다. 옛이야기가 미화하는 풍경. 인간만사 이 유적들 — 산, 샘, 동굴, 사구 — 한테 영영 덥석 물려 있으니 결국 귀의하게 될 곳도 거기다. 혼이 육신을 떠나 적막지경 혹은 유지부동 혹은 황홀지경의 또 다른 육신을 바라볼 때 신묘가 기를 부리는 광경. 유적을 향해 모두 길을 떠났다가 돌아와서 깨달으니 감탄에 감탄을 부르는 유적.

*

---

[1] 오세아니아 파푸아뉴기니의 환상의 산호섬. 제2차 세계대전 이후, 폴란드 출신의 인류학자 말리놉스키 때문에 이 섬이 유명해졌는데, 말리놉스키는 이 섬의 독특한 거래 방식, 선물 증여 방식, 성 문화 등을 조사하였고, 마르셀 모스는 『증여론』에서 이를 더 해석한다. 모스는 트로브리안드 군도 주민들의 쿨라(원이라는 뜻)라는 독특한 증여, 교역 방식을 소개하는데, "갖가지 종류의 의식적·성적 봉사가 마치 하나의 원에 휘말려, 그 원의 주변을 따라 시간적·공간적 규칙 운동을 하는 것 같다"고 적고 있다.

제87장

우리는 우주의 요소들. 우리 육신이 그 유적이다. 살아가며 그 흔적을 늘렸구나. 진화하는 우리 나신이 태고의 그 어떤 것을 기억한다.

*

『무덤 저편의 기억Mémoires d'outre-tombe』에서 자작나무 가지에 앉아 있던 샤토브리앙의 개똥지빠귀[2]는 태고의 화신이다.
작은 새, 원조, 선조.
라스코 동굴의 갱로, 죽은 들소 옆에 있던 횃대 위의 새.

*

브뢰일 수사[3]는 땅속에서, 드러낼 땅속에서, 7백 일을 보냈다고 하는데, 이것은 중세의 필경 수사가 고대 로마의 흔적 위에서

---

[2] 자신이 죽은 후를 가정하고 쓴 이 자전적 소설에서 샤토브리앙에게 이 개똥지빠귀(티티새)는 과거와 현재를 연결하는 매개체이다. "어제저녁 나는 홀로 산책을 했다. 하늘은 가을 하늘을 닮아 있었다. 차가운 바람이 이따금 불었다. 나는 잠시 해를 보기 위해 멈춰 섰다. 해는 알뤼에 탑 아래 구름 속에 박혀 있었다. 그 탑에 살았던 가브리엘도 2백 년 전, 지금 나처럼 똑같이 그 지는 해를 보았겠지? 앙리와 가브리엘은 무엇이 되었을까? 이 회상록이 출판되었을 때 나는 무엇이 되어 있을까? 자작나무 꼭대기에 앉아 있던 개똥지빠귀 지저귀는 소리에 나는 이 생각에서 불현듯 빠져나왔다. 그 기가 막힌 소리는 [……] 개똥지빠귀가 그토록 자주 울어대던 소리를 들었던 그때 그 들판을 다시 보게 만들었다" 하는 유명한 장이 있다.

제87장

고대 성서의 흔적을, 아주 옛사람들이 고안한 이미지들을 베끼던 것과 정확히 같은 방식이다. 수사는 고사리 담은 보퉁이 위에 앉아 있었다. 투사지로 쓰던 쌀 종이 이파리를 말았다. 한 젊은 동행자가 옆에서 아세틸렌 램프를 손에 들고 있었다. 숨을 들이켰다. 콧구멍이 까매졌다.

*

  시간은 잡아먹는 불이다.
  신은 아세틸렌 램프이다.
  프로이트 박사의 고고학 열정은 브뢰일 수사의 그것과 다름없다 할 것이다.
  그들은 책보다 더 오래된 계시를 믿었다.
  만고불멸은 이미지로 말하였고, 수사와 박사 들은 그 고문학자들이었다.
  그들은 저 심연의 계시의 흔적을 드러내었다.

*

---

3) Henri Breuil(1877~1961): 프랑스의 선사 시대 전문가로서 '선사 시대의 교황'이라는 별명 때문에 브뢰일 수사라는 이름으로 더욱 알려져 있다. 구석기 시대 돌 유물 수집 및 연구에 막대한 공헌을 했다.

제87장

나는 옛것을 뒤지노라.

*

우리는 과거에서 말미암은 흔적을 점점 더 과거에서 심화한다. 그리고 거기에서 기묘한 동향을 도출한다. 수수께끼를 추가하는 것이다. 그랬었던 것에 비예측성을 추가하는 것이다.

*

키케로는 딸 툴리아를 잃었다. 툴리아는 투스쿨룸에서 출산하다 죽었다. 그때 나이 서른하나였다. 몹시도 추운 날이었다. 투스쿨룸에 눈이 내렸다고 적고 있는 것을 보면. 기원전 45년 2월. 딸에 대한 집정관의 애정이 얼마나 갸륵했는지 누구나 알고 있었다.

카이사르, 브루투스, 루케이우스, 돌라벨라가 조의를 써서 보내왔고,

당시 그리스 총독으로 가 있던 술피키우스도 멀리서 조의문을 보내왔는데, 이 서한에는 여태껏 한번도 논의되지 않은 개념이 들어 있었다.

적어도 에트루리아-로마 세계관으로는 전적으로 새로운.

우리 문명사상 이 최초의 우울한 흔적은 기원전 45년으로 거슬러 올라간다.

제87장

(세르비우스 술피키우스의 편지는 더 정확히 하면 율리우스력으로 708년 5월에 썼다.)

술피키우스가 키케로에게. 최근 저의 위로가 되고 있는 생각 하나를 말씀드리고자 합니다. 이것이 집정관님의 고통을 다소나마 덜어드릴 수 있을지 모르겠습니다. 지난번 이탈리아 귀항 때였습니다. 배는 에기나에서 메가라로 향하고 있었습니다. 저는 갑판 위에 나와 서 있었지요. 바다 사면을 둘러보았습니다. 앞은 메가라요, 뒤는 에기나, 오른쪽은 페리우스, 왼쪽은 코린토스. 저는 속으로 말했습니다. '아, 옛날에는 이 도시들이 성벽에 둘러싸여 있었는데, 지금은 산산이 무너져 저 바다 깊이 매몰된 폐허일 뿐이로구나. 배 위에서 그저 일별로 이 거대했던 도시의 시신을 본 것에 불과하지만, 이런 자연에 비해 감히 하루살이도 안 되는, 불쑥 생긴 아무것도 아닌 우리 미물들이 어찌 우리 가운데 하나 죽었다고 울고불고할 것인가.'

*

도시는 인류에게는 제 사회가 만들어낸 시간의 축적물이다.

시간이 침전되고, 온전히 부식(腐蝕)하지는 않는 부식의 부조물이 세워진다.

기가 막힌 **인간 입상 정거장**이 우뚝 선다.

지상 바닥 위에 서 있는 도시 환영들.

제87장

로마는 내가 이 세계에서 보았던 도시 가운데 가장 도시 같은 도시이다.

로마에 머물 때마다 로마에 사는 것이, 로마를 걷는 것이 가슴 뭉클하다.

분명 다른 시대 요소들이 바로 양옆에 놓여 기막힌 공존을 한다. 분산되어 있으나 경쟁하지 않고, 이질적이지 않고, **안심이 되기까지 하는** 오묘한 단위 하나를 형성한다.

기이한 **팍스 로마나** pax romana.

구석기, 신석기, 에트루리아, 공화정, 제정, 바로크, 파시스트 시대의 조각들을 한데 모은 모자이크, 색 주사위. 파리 한 마리가 로마 위를 난다. 파리 눈에도 이 시간이 살 만한 공간이었다면 지구 위에 인류 종이 있었다는 가설을 내놓을 수 있겠다.

폼페이는 죽은 도시들 가운데 가장 죽은 도시이다. 인간적 죽음과 그 공포, 한 도시의 생이 순간 응고되었다.

화산에 화장된 인간의 육신 덩어리, 생명 덩어리의 공포의 몸짓 속에 그저 파인 시간.

제88장
:
라이니아

청동기 시대 작은 부락의 진흙 주형물이 있다.

'놀라'라는 외곽 공장 지대 흙물 아래 화석으로 남은 신비경.

스코틀랜드 라이니아 백작령에서 발견되어 라이니아라 명명된, 화산 폭발에 묻힌 50센티미터 키의 양치식물 라이니아.

폼페이 같은 꽃들.

제89장

로마

 교황 마르틴 5세의 병환으로 두 가신은 휴가를 얻게 되었다. 두 사람은 곧장 폐허의 유적지로 향했다. 사원에서 풀 뜯는 두 마리 회색 염소를 몰았다.

 세상만사 잊고, 귀가도 잊고, 식구 볼 일도 잊고 토끼들을 굴에서 유인하니 산토끼들이 방방 뛰었다. 재밌었다.

 매들을 놀래키니 하늘로 푸드덕 날았다. 고개를 쳐들었다. 여전히 우뚝 서 있는 대리석 주랑 꼭대기에 홰를 튼 말똥가리가 말똥히 쳐다보았다.

 걷다가 멈추었다.

 처음에는 시간을 바라보았다.

 이어 태양을 바라보았다.

*

 한 사람은 안토니오 로스키[1]이고, 또 한 사람은 포지오 브라치올리니[2]이다.

제89장

『운명의 다양함에 대하여 De varietate Fortunae』[3]는 1431년 1월 말 씌었다. 교황은 투스쿨룸에서 2월 20일 죽었다.

쿠리아에서 일하다 예기치 않게 복무에서 해방된 두 문신은 도시 로마를 가로지르는 어여쁜 작은 시냇물을 따라 걷다가 섬 상류에 이르렀고 언덕을 올라갔다.

태양이 중천에 솟아 있었다.

덤불을 들어 올렸다. 비석에 새겨진 글을 해독하기 위해 가지고 있던 칼로 이끼와 흙이 엉긴 데를 긁어냈다.

농가의 한 촌부 집에서 달걀을 얻어먹고 신선한 우유를 마셨다.

거닐었다. 멀리 보이는 파브리키우스 다리며 렌툴루스 개선문, 마르스 광장, 셀리몬타노 수도교를 바라보았다.

그들은 인문주의라 할 것을 정초했다. 그리고 이 환상에 이름을 붙였다. 포지오는 이렇게 썼다. 우르베 모라 인 프리스티남 포르맘 르나센테 Urbe Roma in pristinam formam renascente.

---

1) Antonio Loschi(1368~1441): 이탈리아 비첸차 출신의 인문주의자, 작가, 외교관. 『아킬레우스』 등의 작품이 있다.
2) Poggio Bracciolini(1380~1459): 피렌체 공화국의 재상을 지내기도 했던 정치인, 인문주의자, 작가. 『서한집』 및 『노인은 결혼을 해야 하나?』 『탐욕에 대하여』 『위선에 반대하여』 등의 철학적 소론 몇 편을 남겼다.
3) 포지오는 교황의 명에 따라 베네치아 상인 니콜로 데 콘티의 여행(아랍을 거쳐, 다마스, 인도, 뱅갈, 버마 등에 이르는 1414~1439년 동안의 여행)에 관한 기록을 모은다. 이 기록이 『운명의 다양함에 대하여』 제4권에 실려 있다. 이 상인은 이슬람의 땅에서 살아남기 위해 기독교 신앙을 부인했으나, 이후 이탈리아에 돌아와 교황께 용서를 구한다.

제89장

Renascente.

다시 **태어나는** 최초의 아름다움, 로마라는 도시.

*

포지오가 이 **르네상스**라는 환상에 **영원한 망각** *oblivio perpetua*이라는 가설을 덧붙인 것이 그의 소론에서 바로 이 순간, 즉 덤불과 돌들 속으로, 죽은 태양을 향해 다시 내려가던 순간이다.

그가 로스키에게 말한다.

"이제 벌써 볼 수 없게 된 그 유적지를 떠올려보게나."

기억이 태만한 곳, 시간 속의 태고.

모든 것이 영원한 망각으로 미끄러진다고 그는 말했다.

이런 종류의 심연이 바로 태고의 심연으로, 거기 르네상스가 도사리고 있다.

*

포지오가 로스키에게.

"나는 그늘과 폐허를 더 기억하고 싶어 살아 있는 나날들을 잊겠다는 사람이 아니네. 우리가 다녔던 곳들, 그 흩어진 시간들의 유적에 그토록 우리가 끌렸건만, 현재 사람들이 그때 그들보다 하등해서라고는 보지 않네. 현재인들 역시나 덕성과 기백으로—

그때 그들의 그것과 동일하거나 비교할 만큼은 되는——모진 풍파세월을 겪고 있네. 아니지, 어디 그뿐이겠나. 쉼 없이 더 가해지고 더 무거워진 시간으로 말미암은 고통을 살고 있네."

제90장
:
베르길리우스

그들은 조심스럽게 너른 응달을, 가시덤불을, 태양이 살짝 숨어 있는 금빛 웅덩이를 지나갔다.

로스키는 베르길리우스를 인용하고 있다. **야생 덤불 뒤덮인 옛날, 황금 오늘**.

포지오: 왜 세계는 무너지나? 왜 공간은 공간을 펼치는 시간으로 침식당하나?

각 르네상스가 숨기고 있는 점점 더 깊어진 고통, 포지오라는 자는 그런 고통이다.

*

그림자가 그들 다리로 올라온다. 그림자가 비단 바지춤에 숨어 있는 그들 성기로 올라온다. 처연한 미가 올라온다.

태양이 잠든다.

포지오는 팔을 들어 로스키에게 황금빛으로 물든 아벤티노 산을 가리킨다.

분홍 캄포 보아리오.

제91장
:
붉음

물질 속은 붉다.

우리 안의 모든 것이 기억한다. 낙원에 다가서는 일은 여전히 우리를 붉게 만든다. 우리의 성기는 기억한다. 우리의 심장은 기억한다.

우리는 부끄러움으로 갑자기 150억 년 전의 색이 우리에게 버려놓고 간 색이 된다.

황갈색, 화산 색.

공기와 산소가 섞인 혼합색.

시간은 공간보다 늙었고, 별들이 그 시간을 비춘다.

너무 신생인 지구. **저 다른 곳에서 온 빛**을 받아 생을 발생시킨 어린 신생아.

*

작은 일곱 언덕,

야생 덤불 뒤덮인 태고,

제91장

황금 빛살 속에 나타나는 그 옛날 옛적의 언덕,

먼지처럼 무너지는 작은 산들, 계절 주기보다, 짐승보다 더 옛날 옛적의, 드러누운 큰 짐승들,

우리보다 더 옛날 옛적의 프로블레마problèma,

우리보다 더 옛날 옛적의 동물성, 더 옛날 옛적의 **아비수스** *abyssus*,

형태보다 더 옛날 옛적의 동물상, 없는 대답보다 더 옛날 옛적의 질문,

'거기 누구요?' 할 때 항시 나타나는 것,

어떤 경우에도 시간적 폐허를 '해체'하자는 것이 아니다. 그저 생각하는 것이 무아지경이다. 생각이 생각을 들여다본다.

*

끊임없이 더 관조하고, 더 동요되고, 더 동요시키고, 더 부식되고, 더 상실하니, 그 지점 한가운데서, 그 위에서, 자연 속에서, 무인지경 속에서, 야생의 깊은 바닥 표면 위로 **솟아오르는** 폐허.

*

과거를 그 약간의 반복에서 해방하기. 보아라, 이것이 오묘하고도 힘든 일이다.

제91장

우리를 우리로부터 해방시키기. 과거라는 존재로부터가 아니라, 과거와의 관계로부터. 보아라, 이것이 오묘하고도 가련하고도 힘든 일이다.

지난 것, 지나진 것, 지나는 것의 끈을 약간 풀어주기, 이것이 간단하고도 힘든 일이다.

끈을 약간은 느슨하게 풀어주기.

옮긴이의 말
:
야(野)하고 생(生)하고 정(精)하고 정(靜)한

   파스칼 키냐르에 대해 말하는 것은 어렵다. 키냐르의 글은 "농밀하나 잘 달아나는 수은"같기 때문이다. 보아도 보이지 않는 것, 잡아도 잡히지 않는 것을 슬쩍 기동상(起動狀)으로만 나타내기 때문이다. 상(象)은 있으나 형(形)은 만들려 하지 않기 때문이다. 비워두고, 다 말하지 않고, 아리송하게, 아득하게, 황홀하게 말하기 때문이다. 더 솔직히 말하면, 그의 박학함 앞에서, 박학한 무지 docta ignorantia 앞에서 무엇을 쉽게 말하면 안 될 것 같기 때문이다. "아는 자 말하지 않고, 말하는 자 알지 못한다."

   "우리는 애초에 말하는 자가 아니었고, 말하는 자가 '된' 것"이라고 생각하는 키냐르에게 언어는 우선 자연과 상치되는 것이며, 습득된 문화, 인위적 가공이다. 언어와 자연 사이에 질러진 가름막을 계속해서 환기하기, 언어를 부정하기. 이것이 언어를 업으로 하는 키냐르의 허패이자 진패이다. 말의 불완전성, 불충분성, 언어의 기능 부전, 더하면 더할수록 생기는 근원적 결핍감에 대한 내적 고통으로 언어는 거부되는 듯한데, 어느새 언어가 언어를 골똘히 바라보고 있다.

젊은 키냐르를 문단에 입성시킨 선배이자, "그는 한번도 틀린 적 없다"고 단언할 만큼 젊은 키냐르의 흠모 대상이었던 루이-르네 데포레Louis-René des Forêts에 관한 에세이 『침묵 서약 Le voeu de silence』에서 키냐르는 역설적인 질문을 던진다. "말하면서 침묵할 수는 없는가? 침묵하면서 말할 수는 없는가?" 우리는 애초부터 헤어날 길 없는 난점의 심연에 들어와 있는 것일까? 태초에 임포시빌리아impossibilia가 있었다? 만일 자연이라는 궁극적 실재와 언어라는 기능적 실재가 이원적인 것이라면, 적어도 말할 수 있는 것은, 말할 수 없음에 대하여 말할 수밖에 없다는 것이다. 세계대전 후 모든 것이 무너지는 자기 환멸의 시대를 겪은 이후, "특별한 휴머니티란 없음을, 의미란 부여된 것(259쪽)"에 불과함을 깨달은 이후, 더는 이야기(픽션)를 할 수 없게 된 이후, '우울 모드'의 프랑스 현대문학이 '글쓰기에 관한 글쓰기Ecrit sur l'écrit'에 더욱 집착을 보이는 것은 퇴행일까, 순행일까?

『심연들』은 키냐르가 "열 권이 될지, 스무 권이 될지 모르지만 이 '마지막 왕국' 속에서 나는 죽어가게 될 것"이라고 소명을 밝힌 '마지막 왕국' 연작 가운데 세번째 권이다. 2002년 『떠도는 그림자들』 『옛날에 관하여』 『심연들』이 나온 데 이어, 2005년 『천상적인 것』 『더러운 것』이 나왔고, 2009년 『조용한 나룻배』가 나왔으니, 벌써 "왕국의 마지막 장부"는 여섯 권이나 작성된 셈이다. "지금 세상은 무엇이 무엇인지 모르겠으니 제 향촌에서나 헤맬 작정을 한 어떤 늙은 문인의 찬장 오른쪽 서랍에 들어갈 왕국의 마지막 장부"(245쪽). 키냐르의 '마지막 왕국'은 도연명의 「귀거래사(歸去來辭)」일지 모른다. 키냐르는 근원의 문제에 강박적일 정도로 천착하며 과거, 태고로의 역행을 주행하지만, 과거에 대한 회환과 향수에 젖은 복고풍 낭만주의자는 결코 아니다. 키냐르는 생성과 변화의 생 한가운데에서도 제 왔던 뿌리를, 제 명을 찾아가는 우주만물의 섭리를 관조하는 도교의 선사 같다. 그러나 고요한 사색으로 좌망(坐忘)하는 명상가만은 아니다. 허기와 질문, 호기심, 담대, 도약의 욕구로 피가 끓는 산속의 '멧돼지sang-lier'이다.

키냐르는 한 인터뷰에서 '마지막 왕국'을 계획하게 된 동기에 대해 이런 말을 한다.

"미리 상정된 궤도를 떠날 때 배회는 시작됩니다. 갈리마르 직장을, 바로크 음악 센터 임원직을 그만두면서 난 이 일을 해내게 된 겁니다. 『떠도는 그림자들』에서도 내 의지를 분명히 밝혔지만, 요즘 같은 시대에는 반드시 은신의 거주처를 만들어, 거기서 안전하지 않은 생각을 해야 합니다. 우리가 사는 사회는 그 반대를, 그러니까 안전한 생각만 하고 살 것을 요구하지요. 로마 제국 말기에도 똑같은 상황이 벌어졌습니다. 로마가 기독교화되면서, 또 다른 의미의 제국주의적 평화가, 유일신 종교의 회귀가 선언되면서 수많은 암자들이, 은자들이 생겨났습니다. 유일한 가치가 지배되는 세상, 나는 이것이 가장 싫습니다. 내 가까운 친구들마저도 신앙자들이, 독트린 주장자들이 되는 것을 보며 절망감을 느꼈습니다. 우리는 1571년을 다시 살고 있는 겁니다. 성 바르톨로메오 대학살 날 밤 같은 그런 분위기를 다시 묘사할 필요가 생겼습니다. 종교전쟁이 다시 시작되었습니다. 여성은 여신화되고, 죽음은 숭배되고, 민주주의는 페리클레스 시대보다 더 못하고, 테크놀로지가 모든 페티시즘의 대상이 되었습니다. 이 '마지막 왕국'은 내게는 대홍수에서 살아남기 위한 노아의 방주 같은 것입니다. 내가 이 방주에 싣고 싶은 것은, 무신론적인, 무국적적인 사고, 동요하는 생각, 불안한 성(性), 비이성, 비직선적, 비방향적 시간, 비기능적 예술, 비밀, 척도 없는, 예측할 수 없는 자연 같은 것들입니다. 우리 사회를 계속 망보고 있는 것은 과거입니다. 망보고 있다가 적당한 기회를 틈타 복귀합니다. 사회는 더 나은 방향으로 진보하는 것이 아니라, 돌아오면 안 될 것 같은 끔찍한 과거를 반복합니다. 오늘날 우리는 더 큰 규모의 독재주의에 살고 있습니다. 과거의 속성, 과거라는 것에 대해 말하고 싶어 쓴 것이 『옛날에 관하여』라면, 여기에 또 다른 이유로 세번째 권 『심연들』을 쓰게 되었습니다. 우리는 과거의 크기가 신의 크기보다 더 무지막지하게 크다는 것을 알게 된 최초의 문명 시대에 사는 자들입니다. 1940년만 해도 아무도 라스코 동굴 벽화를 몰랐습니다. 사실상 20세기 들어 기원 신화에 대한 논의들이 더 많아졌는데, 특히 빅뱅 이론에 근거한 우주 기원 신화는 과거-현재-미래라는 우리의 3분법 시간 개념에 이의를 제기하게 만듭니다. 물리학에서 시간은 일정한 방향이 없습니다. 양항(deux termes, 兩項)만 있을 뿐이지요. 끓어 튀어 오르는 용암과 차갑게 식은 용암. 솔직히 고백하면, 천체물리학, 선사학, 인류학 잡지들이 밝히고 있는 것들을 읽고 나서 어떤 체득적인 것을 재해석하려고 하면, 지적인 것, 문학적인 것, 철학적인 것이 들어설 자리가 없는 것 같아 당황스러운 적이 많습니다. 나는 역사란 사람들을 안심시키기 위해 시간을 일정 방향으로 개념화한 보잘것없는 건축물이라고 생각합니다. 크로놀로지란 존재합니다만, 국가종교처럼 된 역사-크로놀로지는 아니지요"(『엑스프레스 *Express*』, 2002년 9월 첫째 주호에 실린 인터뷰 가운데).

키냐르의 말을 중간에 자르지 못하고 거의 그대로 다 인용하고 말았지만, 키냐르의 입을 빌려 '마지막 왕국'이 자연을 관조하고 우주를 보는 사색의 창인 동시에 진보를 외치며 오히려 퇴행하고 있는, 오늘날 우리가 살고 있는, 뿌리 없이 표류하는 현실에 대한 은밀하나 폭로적인 계시라는 점을 말하고 싶어서였다. 표준화되고, 세계화되고, 획일화된 집단 모델을 강요하는 오늘날 사회에 대한 강한 불만, 불굴의 레지스탕스. 하여 키냐르는 제법 무례하고도 역공적인 방식으로 시간 개념을 재구축하기에 이른 것이다. 역사보다는 선사를, 철학보다는 과학을, 신앙보다는 무신론을, 샤먼을, 집단 사회보다는 개인적 내밀을, 애국주의보다는 무국적주의를 선호함을 키냐르는 문맥 곳곳에서 단호하게 드러낸다. 대홍수는 기독교적 상징의 노아의 홍수가 아니며, 노아의 방주는 만방에 뻗어갈 교회가 아니다. 우리가 상상조차 못하는, 아니 인간 염색체가 아직 나타나지도 않았을 저 먼 태고에 실제 있었을 빙하기, 대홍수 시절을 키냐르는 늘 헤아리고 있는 것이다. 방주에 실어야 할 것은 성(聖)모독적인, 무신론적인, 더러운, 뜨듯한, 축축한 음지의 어떤 것들이다. 동굴, 자궁, 어둡고 습한 곳 속에서만 싹을 틔우는 씨앗, 정액 같은 것. 역사가들이 전승하지 않는 것, 길을 걸으나 자취를 남기지 않는 것, 보이지 않는 것, 보잘것없는 것, 드문 것, 미세한 것, 티끌 같은 것, 무어라 이름 붙일 수 없는 무형지상의 것이나 황홀한 것, 야(野)한 것, 생(生)한 것, 그윽하고 어두운 것이나 지극히 정(精)하고 정(靜)한 정수, 진수.

키냐르는 조르주 바타유가 창간한 잡지이기도 한 『비평 Critique』의 '파스칼 키냐르 특별호(2007년 6/7월호)'에서 「문학인이란 무엇인가? Qu'est-ce qu'un littéraire?」라는 제목으로 문학이라 할 만한 것들의 목록을 아우구스투스, 퀸틸리아누스, 플루타르코스 등 고대(古代) 선배의 말을 빌려 50가지로 정리한 적이 있다. 비슷한 제목의 유명한 책 사르트르의 『문학이란 무엇인가 Qu'est-ce qu'un littérature』(1947)가 떠오르지만, 키냐르는 littérature가 아닌 littéraire라는 단어를 취한다. 'littéraire'는 문학적인 것을 뜻하는 형용사이기도 하고 문학을 할 수밖에 없는 자를 뜻하는 중성 명사이기도 하다. 키냐르는 'littérature'라는 이미 의례화된 명사보다 형용하는 정도에 그치는 부득이한 명사를 선호한다. 아리스토텔레스가 헤라클레이토스를 가리켜 '도저히 알 수 없는 자'라고 폄하한 것처럼, 사르트르도 바타유를 가리켜 '도저히 알 수 없는 자'라고 했지만, 키냐르의 입장은 역시나 사르트르의 입장과는 정반대다. 나탈리 사로트의 『의심의 시대 *L'ère du soupçon*』(1956)에서 유래된 이른바 '의심의 시대'를 사는 작가들에게 언어는 더 이상 의미를, 이데올로기를 실어 나르는 매개체가 아니다. 언어는 세계를 재현할 수도 없을뿐더러 언어와 세계는 이미 이질적이다. 언어의 힘은 세계를, 자연을 해석하는 데 있는 것이 아니라, 언어의 무력함 그 자체에 있다. 그러니 더 보잘것없어져야 하고, 더 헐벗어야 하고, 더 벗어야 한다. 이야기하는 내용보다 이야기하는 방식에서 더 진심이, 진실이 보이지 않나? 언어에 대한 비판 의식을 언어로 그대로 형상화하고, 언어가 언어에 대해 말하는 내러티브에 더 사로잡힐 필요가 있었다. 파스칼 키냐르에게 깊은 영향을 준 루이-르네 데포레의 『수다쟁이 *Le bavard*』(1946)는 그 전형적인 예가 되는 지독하게 전복적인, 처절한 텍스트다(몇 시간의 일에 대해 화자는 150여 페이지에 걸쳐 혼자 이야기한다). 키냐르는 『침묵 서약』에서 언어가 더 이상 메시지를 위해 의미를 실어 나르는 도구가 아니라, 언어라는 질료 자체가 희생물이, 제물이 되어 완전 연소되는 지경을 찬미한다. 『수다쟁이』의 그 수많은 단어들은 완전 연소되기 위한 헌물이었으며, 그 최종적인 텍스트text는 의미를 득(得)하지 않으면서도 결국 짜이게 될 피륙texture, 카르마(Karma, 業報)다.

키냐르가 'littérature'라는 명사보다 'littéraire'라는 형용사를 더 선호하는 것은 덜 지정적인 것, 형용하는 정도에 그치는 것, 더 미분된 것, 더 해체된 것, 더 티끌 같은 것을 좋아해서다(마지막 왕국 제4권 『천상적인 것 Les paradisiaques』도 지상낙원의 '천국Paradis'이 아닌 형용사를 부득이 명사화한 것이다). 「문학인이란 무엇인가」라는 글에서 키냐르는 "문장phrase은 정치인에게, 단어mots는 철학자에게, 문자lettre는 문인littéraire에게"를 선언한다. 집단에서 개체로, 개체에서 분자로, 분자에서 원자로 더 미분되고, 분쇄되어 부서지기 쉽고, 허술하고, 허약한 것. 그래서 더 튀고, 더 잘 달아나고, 의미의 더께를 벗어버린 가벼운 것. 키냐르에게 글은 시스템의 구축이 아니라 시스템의 해체이다. 꽃이 아니라, 꽃잎이 아니라, 씨앗이다.

키냐르의 글을 둘러싸고 제기되는 비(非)장르·탈(脫)장르적 글쓰기 논쟁의 본질은 추구하는 문학적 스타일에 있는 것이 아니다. 키냐르에게 그것은 필연이고 순리이다. 키냐르에게 '장르(genre, 種類)'는 줄, 계통, 소속, 나라가 발급한 신분증, 영업을 위해 내미는 명함이다. 탄생과 함께 성과 이름이 등록되고, 소속이 정해지며, 국적을, 국어를 획득한다. 이 모든 사후적·사회적 획득물을 찢는 것, 문학가가 하는 일은 바로 그것이어야 한다는 것이다.

옮긴이의 말

키냐르는 『은밀한 생』에 이렇게 적고 있다.

> 나는 모든 장르를 버려야 했다. 나는 앞서 표명된 사고의 모든 씨앗들을 하나씩 포기해야 했다. 〔……〕 나는 집약적이고, 내재적이며, 모든 '유(類)개념을 포괄하고,' 분열 번식하며, 절차 생략적이고, 도취적이고, 불굴이며, 대담한 하나의 형태에 도달해야만 했다(『은밀한 생』, 416쪽).

'유(類)개념을 포괄하고'라고 충분히 의역된 말, 키냐르가 고안해낸, 쉽게 번역될 수 없는 단어 'omnigénerique.' 장르, 종류도 하나의 씨앗이지만, 그것은 "앞서 표명된," 정해진, 분류된 유(類)이다. 굳어진 '장르'보다 계속해서 발생적인 것génerateur, 모태적인 것, 생산적이고, 수납적이고, 포용적인 것, 잡식성인omnivore 것, 편재하는omniprésent 것, 전능적인omnipotent 것이 필요했던 것이다.

그렇다면 '장르'까지는 아니지만, 키냐르의 글에 드러나는 형질적·재료적 특성의 목록을 작성해볼 수는 있지 않을까? (1) 부연 설명 필요 없이 정확한 언어로, 정확하게 떨어지는 단언. (2) 핵심만 정제된 지식들. (3) 키냐르 산(産) 신조어. (4) 발열적인, 발작적인, 단속(斷續)적인 열거. (5) 거의 없는 접속사. 논리성 부여를 위해, 동의를 얻기 위해 우리 풋내기 연사들이 무의식적으로 과잉하는 접속사들이 키냐르에게는 없다. (6) 흔한 메타포도 없다. 물질계와 상상계를 이어 이동했을 뿐인 전광석화 같은 메타포. (7) 상상 가능한 상들로부터 저속 비행하다 점점 속도를 밟아 도를 넘는, 경계를 뛰어넘는, 범람하는 연상, (8) 과학과 사실, 몽상과 망상의 무분별한 연결 통로, 어디 하나 막힌 데 없이 자유자재 흐르는 물살처럼, 모든 학과(언어, 물리, 철학, 역사, 사회, 정치, 음악, 미술, 화학, 생물)를 넘나든다. (9) 아무것도 말하지 않으며 모든 것을 다 말하는 어둠 속의 완전한 나체. (10) 열고, 닫고, 열고, 닫고, 미닫이문처럼, 밀물과 썰물처럼, 아코디언 주름 상자처럼 작동하는 언어들. 던지고, 되받고, 던지고, 되받는 생각의 시리즈들. 그리 하릴없는 반복 운동이니 도그마의 건물은 세워지지 않으나, 내적으로 확장되는 포만한 기쁨, 깨달음의 희열. (11) 정한 거처 없이 계속되는 이동, 이주, 전이, 메타포, 메타모르포즈!

키냐르의 단핵적인 글 안에서도 무궁한 유영 운동의 느낌을 받을 수 있는 것은 그가 그려가는 독특한 시간성 때문이다. 키냐르는 '과거-현재-미래'라는 우리에게 익숙한 시간의 3분법을 지우고, '지나가서 잃은 것perdu'과 '임박한 것imminent'이라는 두 항 체계로 줄인다. 이 아찔한 축소 압축법으로 시간은 오히려 팽창한다. "나는 시간은 3차원이 아니라고 생각한다. 왕복 운동일 뿐이다. 이렇다 할 방향 없는 분열일 뿐이다"(34쪽). 이항은 양극이 되지만, 양극은 상극하며 상생한다. 이것이 대립적·언어적 이원론과 전혀 차원이 다른 점이다. 시간의 두 원천은 상통한다. 이

분법적 사고를 초월하기 위한 상상적·개념적 전복은 이제 성적인 상상으로 번진다. "시간의 두 조각은 돌연 서로 황홀해지며 편극된다. 이 두 경우 편극성은 축이 형성되는 지점에서 특히 강하다. 이 축과 긴장성이 향방의 정도를 결정한다"(20쪽). 유성생식의 발생 과정을 들여다보는 듯한 생물학적 상상력은 기하학적 형태 발생론으로 번진다. "중앙부가, 제 몸속에서 알아서 생겨 늘어나듯 조직기관 형태라는 것이, 공간적 입체라는 것이, 시간적 차원이라는 것이 그렇게 만들어진다"(94쪽). 문제는 막 생겨난 것이 영원히 그 현재 진행형 상태로 있지 못하고 굳어짐이다. 발생한 것은 의례화된다. "부지불식중에, 무아지경에 그것이 알싸하게 성(性)스럽게 좋다고 느끼니 의례화"(94~95쪽)하나 그것이 성화(聖化)되는 순간 경화(硬化)되고, 시시해진다. 키냐르가 참지 못하는 것은 바로 이 부분이다. 진짜 성스러운 것은, 스스로 만든 형을, 그릇을 다시 흘러넘치는 일이다. 어느 한곳 머무르지 않는 무소속, 무국적. 모든 무소속의 궁극적 소속은 자연(自然) 귀속이지 않겠나. 하여 다시 키냐르의 무례하고도 황홀한 역발상이 시도된다. 3분법의 시간을 이항성으로 재조정하는 것에 이어, 시선의 사항도 재조정하는 것이다. 공간에서 형태가 나오는 것이 아니라, 공간 속 형태 침투. 배경(후경)이 인물 '앞'에 존재한다. 물론 배경은 인물 뒤에 존재한다. 내가 만들어내는 배치의 문제가 아닐 것이다. 그저 '원래 그렇게 있는 것(自然)'에서 무엇을 먼저 보느냐의 문제일 것이다. 배경을 바탕으로 보는 시선의 변혁.

혹은 보이지 않는 것을 먼저 보는 문제. 하늘에서 나오는 새가 아니라, 하늘로 빨려 들어가는 새다. 내가 읽는 책이 아니라, 책 속에 빨려 들어가는 나다. 어머니에서 나온 나가 아니라, 몸을 떼어놓아도 시선으로 항상 나를 안고 있는 어머니다. 현재가 아니라 과거, 과거가 아니라 태고, 하늘의 별이 아니라 별 뒤의 검은 장막, 기호가 아니라 기호 부재. 유(有)가 아니라 무(無), 욕망이 아니라 공허, 실학(實學)이 아니라 허학(虛學).

키냐르가 강박적일 정도로 환기하는 이 도저한 역행성, 선존성, 근원성에 대한 탐구는 키냐르가 분명 유보다는 무를 선호함을 곳곳에서 드러낸다. "일어난 것의 주인이 되지 않으려고 저어하는"(185쪽) 점에서는, 유명자보다는 무명자를 발굴하고 탐구하고 매혹되는 점에서는 확실히 그렇다. 그러나 그 궁극적 목표는 무엇을 양자택일하기 위한 것이 아니라 계속되는 순환성을 환기하며 그 안에서 생(生)하기 위함이다. 양자택일적·이원대립적 언어로는 도저히 표현할 수 없는 자연과 생의 연속성·통기성을 표현하기 위해, 범람하는 초월성과 안으로 똬리 트는 내재성의 양행(兩行)을 실현하기 위해, 태극적·무극적 유선성을 실현하기 위해 언어는 도대체 무엇을, 어떻게 할 수 있을까? 그러한 사색들을 적고 환기하며 가르침을 얻고, 그 가르침을 설파하는 것으로 충분할까? 그것은 철학가의 영역이다. 문학가는 언어로 그것을 보여주지 않으면 안 된다. 언어 자체가 그리되지 않으면 안 된다.

산 자와 죽은 자에게 동시에 말을 걸며, 제문을 읊듯 키냐르는 나지막하게 말한다. 수다스러운 인간 문명의 언어 밑에 흐르고 있을 음악 같은 침묵의 언어를, 동물의 멜로디를, 자연언어를 찾고 찾아 헤맨다. 뱅상 랑델이 한 말처럼, "키냐르 문체의 힘은, 그것이 위대하다면, 그의 진지한, 가슴을 에는 듯한, 거의 고통이라 할 것에서 파생되기 때문이다. 들을 수 없는 것을 듣게 하고, 탄생 전 죽은 것 혹은 목 놓아 소리 부르는 것을 알게 하기 때문이다. 일종의 관조적·비종교적 실어증 안에서 같이 무너지기 때문이다"(『마가진 리테레르 Magazine Littéraire』, 1995년 1월호).

키냐르는 장르에 연연하지 않으면서도 굳이 하나를 택하라면 그것은 '콩트'라고 주저 없이 말한다. 단편소설보다도 더 짧은 엽편(葉篇)소설. 나뭇잎 위에 적어도 좋을 이야기. 키냐르가 말했듯이 소설을 포기하게까지 만든 것, 콩트에는 "어떤 비산화적인 것이 있다. 늙지도 않고, 방향도 없고, 충동적이고, 발작적이고, 짧고, 간략하고, 상만 던져진, 요약된, 검은, 튀는, 곡기가 되는, 묘연한 어떤 것"(220쪽). 키냐르는 콩트가 소설보다 더 신화적으로, 몽상적으로 이야기할 수 있고, 작가가 최소한만 개입해도 되고, 지적인 척하지 않아도 되기 때문에 좋다고 말한다. 또한 장자식의 콩트를 쓰고 싶다는 말을 하기도 했다. 우언(寓言)으로 밖의 것에 투사하여 에둘러 말하거나, 중언(重言)으로 옛 선배의 말을, 선인의 말을 따라 하며 그 말을 진귀하게 하거나, 술잔 말 치언(卮言)으로 채웠다 비웠다, 맞는 듯 안 맞는 듯, 그러거나 말거나 그저 즐기며 깨닫는. 연연해하지 않는. 『심연들』의 결구는

"dénouer un peu le lien"이다. 끈을 약간은 느슨하게 풀어놓고 살자.

『심연들』의 원제는 Abîmes이다. 관사를 쓴 단수, L'Abîme이 아닌 무관사의 복수. 그러니까 심연을 총칭하고 정의하겠다는 것이 아니다. 수많은, 정의할 수 없는, 한정할 수 없는 세상의 모든 심연들이 여기 다 있다. 깊은 바닷속, 빛이 더 이상 들어오지 않는 심해, 바닥없는 우물, 고통 어린 그녀의 얼굴, 오르가슴을 느끼는 여자의 그 살랑거리는 눈 속, 『팡세』의 파스칼이 죽을 뻔했다 살아난 뇌이이 다리에서 본 생사의 갈림길, 뒷생각이라곤 전혀 없는 까만, 착한 동물의 눈, 홀리기 위해 제 스스로를 홀리는 그 드물게 찾아오는 무아지경의 순간, 그리고 독서. 무슨 일이 벌어질지 알지 못하고 뛰어들어야만 하는 깊은 세계, 한번 빠지면 나오기 힘든 세계. 독서는 심연에 빠지는 일이다. 특히 파스칼 키냐르의 책을 읽는 일은.

2010년 12월
파리, 뇌이이에서
류재화

작가 연보

:

1948   4월 23일 프랑스 노르망디 지방의 베르뇌유쉬르아브르(외르)에서 출생했다. 음악가 집안 출신의 아버지와 언어학자 집안 출신의 어머니 사이에서 키냐르는 어릴 때부터 자연스럽게 식탁에서 오가는 여러 언어(프랑스어, 독일어, 영어, 라틴어, 그리스어)를 습득하고, 여러 악기(피아노, 오르간, 바이올린, 비올라, 첼로)를 익히면서 자라난다.

1949   가을, 18개월 된 어린 키냐르는 여러 언어를 사용하는 집안의 분위기에서 기인된 혼란 때문에 자폐증 증세를 보이기 시작하고, 언어 습득과 먹기를 거부한다. 우연히도 외삼촌의 기지로 추파츕스 같은 사탕을 빨면서 겨우 자폐증에서 벗어난다.

1950~58   이 기간을 르아브르에서 보내게 된다. 형제자매들과 전혀 어울리지 못하고 늘 외따로 지내기를 즐긴다.

1965   다시 한 번 자폐증을 앓는다. 이를 계기로 그는 작가로서의 소명을 깨닫는다.

1966   세브르 고등학교를 거쳐 낭테르 대학에 진학한다. 에마뉘엘 레비나스, 폴 리쾨르, 장 프랑수아 리오타르, 앙리 르

페브르 등의 강의를 듣고, 레비나스의 지도 아래 그가 직접 정해준 제목이기도 한 '앙리 베르그송의 사상 속에 나타난 언어의 위상'이라는 논문을 계획하나, 68혁명의 와중에 대학 강단에 서고 싶다는 생각을 접으며 논문도 포기한다. 1966년에서 1969년까지 실존주의와 구조주의의 물결, 68혁명의 열기 속에서 철학을 공부했지만 "(획일화된) 유니폼을 입은 사상은 나랑 맞지 않는 것 같다"며 철학으로부터 멀어지며, 이러한 이념들의 정신적 유산을 완강히 거부한다.

1968   가업인 파이프오르간 연주를 물려받을 생각을 하고, 아침에는 오르간 연주를 하고 오후에는 16세기 프랑스 시인 모리스 세브Maurice Scève의 Délie(idée의 철자 순서를 바꿔 쓴 아나그람)에 관한 에세이를 쓰기 시작한다. 갈리마르 출판사 도서 기획위원에 누가 있는지 알지 못한 채, 이 원고를 갈리마르 출판사에 보낸다. 그런데 답장 편지를 해온 것은 키냐르가 존경해 마지않던 작가 루이-르네 데포레Louis-René des Forêts였다. 데포레의 소개로 1968년 겨울부터 잡지 『에페메르 L'Ephémère』에 참여한다. 여기서 미셸 레리스, 폴 셀랑(파울 첼란), 앙드레 뒤 부셰, 자크 뒤팽, 이브 본푸아, 알랭 베인슈타인, 가에탕 피콩, 앙리 미쇼, 피에르 클로소프스키 등을 만나게 된다. 나중에 에마뉘엘 레비나스도 『에페메르』에 합류한다.

1969   결혼을 하고, 뱅센 대학과 사회과학연구원EHESS에서 잠

시 고대 프랑스어를 가르치며, 첫 작품 『말 더듬는 존재 *L'être du balbutiement*』를 출간한다. 이후, 확실한 시기는 알려진 바 없지만, 아버지가 되면서 이혼을 한다.

1976 갈리마르 출판사에서 편집자, 원고 심사위원의 일을 맡는다. 1989년에는 출간 도서 선정 심의위원으로 임명되었고, 이듬해인 1990년에는 출판 실무 책임자로 승진하여 1994년까지 업무를 계속한다.

1986 소설 『뷔르템베르크의 살롱 *Le salon du Wurtemberg*』과 뒤이어 나온 『샹보르의 계단 *Les escaliers de Chambord*』(1989)의 발표로 더 많은 독자들에게 그의 이름을 알리기 시작한다.

1987 1987년부터 1992년까지 베르사유 바로크 음악 센터 임원으로 활동한다.

1990 단편소설, 에세이 등을 포함하여 20권 예정으로 기획한 『소론집 *Petits traités*』 중 제1권에서 제8권까지 총 8권이 마에그트 사에서 출간된다.

1991 소설 『세상의 모든 아침 *Tous les matins du monde*』을 출간하고, 이 작품을 자신이 직접 시나리오로 각색해 알랭 코르노 Alain Corneau 감독과 함께 영화로도 만든다. 책은 18만 부가 팔렸으며 영화 또한 대성공을 거둔다.

1992 영화 『세상의 모든 아침』에서 생트 콜롱브의 제자인 마랭 마레의 음악 연주를 맡았던 조르디 사발 Jordi Savall과 더불어 콩세르 데 나시옹을 주재한다.

필립 보상, 프랑수아 미테랑 전 대통령 등과 함께 베르사유 바로크 예술 페스티벌을 창설하지만, 1년밖에 지속하지 못한다. 더욱이 이 페스티벌은 베르사유 바로크 음악 센터와는 별개의 것으로, 음악 센터에서 운영하는 베르사유 추계 음악 페스티벌과 경쟁 관계에 놓여 키냐르가 음악 센터의 임원직을 사임하는 이유가 된다.

1993 『혀끝에서 맴도는 이름 Le nom sur le bout de la langue』을 출간한다. 당시 언론에서는 이 작품을 일제히 아구스티나 이스키에르도 Agustina Izquierdo의 두번째 소설인 『순수한 사랑』(첫번째 소설은 1992년에 발표된 『별난 기억』)과 나란히 소개하는데, 이스키에르도가 키냐르의 가명일 것이라는 확신에 가까운 추측 때문이다.

1994 집필에만 열중하기 위해 일체의 모든 공직을 사임하고, 세상의 여백으로 물러나 스스로 파리의 은둔자가 된다.

1995 손가락에 이상이 생겨 더 이상 악기 연주가 곤란해진다. 설상가상으로 조부와 부친에게서 물려받은 악기인 스트라디바리우스를 모두 도난당하자 크게 상심하여 연주를 포기한다. 이후 음악을 연주하던 시간이 책읽기와 글쓰기에 바쳐진다.

1996 1월 『소론집』과 장편소설을 집필하던 중 갑작스러운 혈관 출혈로 응급실에 실려 갔다가 죽음의 문턱에서 귀환하는 경험을 한다. 이러한 경험을 전환점으로 그의 글쓰기는 크게 변화된다. "내 안에서 그 모든 장르가 무너졌다"고 말하며, 소설, 시, 에세이, 우화, 민화, 잠언, 단편, 이론,

인용, 사색, 몽상 등 그 모든 장르가 뒤섞인 혹은 그 어떤 장르도 아닌 그저 '문학'을 추구하게 된다.

건강을 회복한 후, 일본과 중국으로 여행을 떠난다. 특히 장자의 고향인 중국 허난 성의 상추(商丘)를 방문했던 기억과 고대 중국 철학(도교)의 영향이 집필 중이던 『은밀한 생 Vie secrète』에 반영된다.

1998 새로운 글쓰기의 첫 결과물인 『은밀한 생』이 출간되고, '문인협회 춘계 대상'을 받는다.

2000 1월 『로마의 테라스 Terrasse à Rome』가 출간되고, 이 소설로 키냐르는 2000년 '아카데미 프랑세즈 소설 대상'과 '모나코의 피에르 국왕 상'을 동시 수상한다. 이로 인해 2억 4천만 원에 달하는 상금과 함께 출간 즉시 4만 부 이상 팔려나가는 큰 성공을 거둔다. 이후 1년 6개월 동안 죽음이 우려될 정도로 심한 쇠약 증세에 시달리면서, 연작으로 기획된 '마지막 왕국 Dernier royaume'의 집필에 들어간다. 시간, 공간, 성(性), 나이 등 그의 작품에 흐르는 주요 주제들을 다시 환기하고 사색하는 일종의 목록 작업이 될 '마지막 왕국' 연작은 그가 생을 마감하는 날까지 지속할 작업이라고 키냐르는 말한다.

2001 부친이 별세한다. 키냐르는 비로소 부친에게서 물려받은 성(사회에 편입된 존재라는 표지)으로 인한 부담과 부친의 기대의 시선에서 풀려나 완전히 자유로워졌다고 고백한다.

2002 　'마지막 왕국' 연작의 1, 2, 3권 『떠도는 그림자들 Les ombres errantes』 『옛날에 관하여 Sur le jadis』 『심연들 Abîmes』을 동시 출간하고, 『떠도는 그림자들』로 공쿠르 상을 수상한다. 몇몇 아카데미 공쿠르 위원들은 소설 장르가 아닌 이 작품에 공쿠르 상을 수여하는 것에 흥분하며 반대하였다. 그러나 지지자들은 바로 똑같은 이유로 흥분하며 찬성하였다. 키냐르식의 탈(脫)장르적 혹은 범(凡)장르적 글쓰기는 예술은 '장르'라는 구축된 시스템에 무임승차하는 것이 아닌, 시스템을 내부에서 교란하고 궤멸하는 것이라는 문제의식을 확산시켰다. 엄청난 독서의 흔적이 작품에 고스란한 키냐르의 글은 독자와 저자라는 구분법을 없애려는 열망을 드러내며, 그 독서의 축적인 박학을 '박학적 무지'로 승화, 절제하는 그의 작품 세계는 프랑스 현대 작가 중 그를 가장 중요한 작가로 손꼽는 데 주저하지 않게 만들었다. 『마가진 리테레르 Magazine Littéraire』 조사에 따르면, 파스칼 키냐르는 현재 생존하는 프랑스 작가 중 대학에서 가장 많이 연구되는 작가이다.

2004 　7월 10~17일 일주일에 걸쳐 숲과 성으로 장관이 수려한, 국제 학술회장으로 유명한 스리지-라-살Cerisy-La-Salle에서 파스칼 키냐르 학술회가 열렸다. 학술회의 성과는 이듬해 『파스칼 키냐르, 한 문인의 얼굴 Pascal Quignard, figures d'un lettré』이라는 제목의 책으로 묶여 나왔다.

2005 　'마지막 왕국'의 4, 5권이라 할 『천상적인 것 Les paradisiaques』

과 『더러운 것*Sordidissimes*』을 발표한다. 성스러운 것과 불결한 것, 아름다운 것과 추한 것은 양립되지 않는다는 키냐르의 우주관과 예술관이 한 쌍과도 같은 두 권에 녹아 흐른다.

이전에 발표되었던 글들, 잡지에 실린 글들, 미발표글 들을 모두 모아 『덧없는 글들 *Écrits de l'éphémère*』이라는 제목으로 출간한다.

60여 쪽에 불과한 시집 같은 작은 분량의 『하계를 찾기 위하여*Pour trouver les enfers*』를 발표한다. 오비디우스, 베르길리우스가 노래한 하계로 내려가는 오르페우스처럼 키냐르도 음(陰)의 세계로 내려간다.

2006 　한동안 소설을 쓰지 않다가 소설 『빌라 아말리아*Villa Amalia*』를 발표한다. 고독과 몸을 섞어 다시 태어나기 위해 모든 가족적·사회적 관계를 끊고 떠나는, 완전히 '사라지는' 피아니스트 안 '히든Hidden'의 이야기이다. 안은 어느 이탈리아 해안 절벽가의 빈집 '빌라 아말리아'와 만난다.

『사색(死色)인 아이*L'enfant au visage couleur de la mort*』를 발표한다. 이미 이전에, 1976년 발표한 적 있는 『독자*Le lecteur*』에 바로 뒤이어 써놓았던 이야기이다.

키냐르가 고안해낸 일종의 '우화 소나타'라 할 『시간의 승리*Triomphe du temps*』를 발표한다. 2003년 키냐르의 『혀끝에서 맴도는 이름』을 연극으로 각색해 공연한 마리 비알

Marie Vialle의 극을 '들었던' 날 저녁, 무언가 더 덧붙이고 싶은 열망으로 써내려간 몇 편의 다른 우화들을 모은 작은 책이다.

죽어도 다시 부활하기를 원하는 기독교 세계의 다비드와 죽어 없어져 완전 소멸하기를 원하는 고대 그리스 세계의 무녀(시빌레)가 주고받는 노래를 통해 생과 사를 노래하는 『레퀴엠』을 발표한다(작곡가 티에리 란시노Thierry Lancino는 이 글을 음악적으로 해석, 작곡한 작품을 발표, 2010년 1월 파리, 살 프레이엘에서 공연한다).

2007   『섹스와 공포』의 연작이라 할, 『성적인 밤 La nuit sexuelle』을 출간한다. "우리가 수태되던 밤, 우리는 거기 없었다." 태생동물인 우리 모두에게 결핍되어 있는 유일한 이미지, 프로이트가 말하는 부모의 성교 순간, 그 '첫 장면'에 대한 탐색. 보슈, 뒤러, 렘브란트, 티치아노, 루벤스, 우타마로, 신윤복 등 성을 주제로 한 2백여 남짓의 그림들이 함께 실려 있는 고급 장정본의 책이다.

2008   『부테스 Boutès』를 발표한다. 부테스는 아르고호 원정단원 가운데 하나로, 키냐르는 다시 한 번 '무명의 신인'을 소개한다(마랭 마레에 가려 있던 스승 생트 콜롱브를 세상에 알린 『세상의 모든 아침』처럼). 부테스는 오르페우스를 비롯, 세이렌의 치명적 소리에 유혹당하지 않고자 했던 다른 선원들과 달리 세이렌의 소리를 향해 바닷속으로 뛰어든 자이다. 부테스의 이 죽음을 향한 잠수를 생의 근

원을 향한 도약으로 다시 풀어내며, 키냐르의 작품에 일관되게 흐르는 근원성 문제가 탐색된다.

소설 『빌라 아말리아』가 브누아 자코Benoit Jacquot 연출, 이자벨 위페르Isabelle Huppert 주연의 영화로 만들어져 개봉된다.

2009 '마지막 왕국' 연작 6권 『조용한 나룻배La barque silencieuse』를 발표한다. 그 어느 권보다 현대사회 문명 비판적인 함의가 짙다. 자아를 찾아라. 너대로 되어라. 그러나 그리 될 자아가 없다. 모두 가짜 Self이기 때문이다. '레푸블리카Res-Publica' 사회의 오늘날 주체들은 이미 사회가 예속시킨 주체들이다. 사회는 모두 '동일한 것idem'이 되라고 한다. 결혼, 교육, 양심, 도덕, 지식, 부부관계, 죽음까지도 실로 주체적인 것은 하나도 없다. 키냐르는 자살의 문제까지도 논의를 확장해 idem(同體) 아닌 진정한 ipse(自體)를 향한 길, 자아 해방을 위한 길을 모색한다.

2010 6월 17~19일, 키냐르가 함께 자리한 가운데, 파리 누벨 소르본 대학의 미레유 칼그뤼버Mireille Calle-Gruber 교수가 기획한 '파스칼 키냐르, 예술의 폭에서 혹은 뮤즈에 의해 절단된 문학Pascal Quignard, au large des arts ou la littérature démembrée par les muses'이라는 제목의 학술회가 열린다. 이 자리에는 특히 키냐르의 작품에 영감 받은 많은 예술가들이 나와 직접 발제한다. 화가 발레리오 아다미Valerio Adami, 작곡가 미카엘 레비나스Michael Levinas, 극작가 발

레르 노바리나Valère Novarina와 파스칼 키냐르의 대담이 진행되기도 하였으며, 영화 「세상의 모든 아침」의 음악과 연주를 맡았던 비올라 다 감바의 대가 조르디 사발이 몇 곡의 연주를 들려주기도 했다.

키냐르는 현재 '마지막 왕국' 일곱번째 권을 준비하고 있다. 아직 출간되지는 않았으나 제목은 아마도 '낙마한 자들Les Désarçonnés'이 될 것이다. 블레즈 파스칼은 뇌이이 다리에서 떨어져 죽을 뻔했으며, 몽테뉴는 말에서 떨어져 두 시간 동안 의식을 잃었고, 성 바울도 다마스로 가는 길에서 말에서 떨어졌으며, 루소는 파리 메닐몽탕 언덕길을 내려가다 개한테 받힌 적이 있다. 생과 사의 갈림길, 그러나 가장 생명력 넘치는 찰나들을 기록, 사색하는 책이 될 듯하다.

작품 목록
:

L'être du balbutiement(Mercure de France, 1969)

Alexandra de Lycophron(Mercure de France, 1971)

La parole de la Délie(Mercure de France, 1974)

Michel Deguy(Seghers, 1975)

Écho, suivi d'Épistolè d'Alexandroy(Le Collet de Buffle, 1975)

Sang(Orange Export Ldt., 1976)

Le lecteur(Gallimard, 1976)

Hiems(Orange Export Ldt., 1977)

Sarx(Maeght, 1977)

Les mots de la terre, de la peur, et du sol(Clivages, 1978)

Inter aerias fagos(Orange Export Ldt., 1979)

Sur le défaut de terre(Clivages, 1979)

Carus(Gallimard, 1979)

Le secret du domaine(Éd. de l'Amitié, 1980)

Les tablettes de buis d'Apronenia Avitia(Gallimard, 1984)

Le vœu de silence(Fata Morgana, 1985)

Une gêne technique à l'égard des fragments(Fata Morgana, 1986)

Ethelrude et Wolframm(Claude Blaizot, 1986)

Le salon du Wurtemberg(Gallimard, 1986)

La leçon de musique(Hachette, 1987)

Les escaliers de Chambord(Gallimard, 1989)

Albucius(P.O.L, 1990)

Kong Souen-long, sur le doigt qui montre cela(Michel Chandeigne, 1990)

La raison(Le Promeneur, 1990)

Petits traités, tomes I à VIII(Maeght, 1990)

Georges de la tour(Éd. Flohic, 1991)

Tous les matins du monde(Gallimard, 1991)

La frontière(Éd. Chandeigne, 1992)

Le nom sur le bout de la langue(P.O.L, 1993)

L'occupation américaine(Seuil, 1994)

Les septante(Patrice Trigano, 1994)

L'amour conjugal(Patrice Trigano, 1994)

Le sexe et l'effroi(Gallimard, 1994)

La nuit et le silence(Éd. Flohic, 1995)

Rhétorique spéculative(Calmann-Lévy, 1995)

La haine de la musique(Calmann-Lévy, 1996)

Vie secrète(Gallimard, 1998)

Terrasse à Rome(Gallimard, 2000)

Les ombres errantes(Grasset, 2002)

Sur le jadis(Grasset, 2002)

Abîmes(Grasset, 2002)

Tondo, avec Pierre Skira(Flammarion, 2002)

Pour trouver les enfers(Galilée, 2005)

Inter Aerias Fagos, avec Valerio Adami(Galilée, 2005)

Les paradisiaques(Grasset, 2005)

Sordidissimes(Grasset, 2005)

Écrits de l'éphémère(Galilée, 2005)

Pour trouver les enfers(Galilée, 2005)

Villa Amalia(Gallimard, 2006)

L'enfant au visage couleur de la mort(Galilée, 2006)

Triomphe du temps(Galilée, 2006)

Requiem, avec Leonardo Cremonini(Galilée, 2006)

Le petit Cupidon(Galilée, 2006)

Quartier de la transportation, avec Jean-Paul Marcheschi(éd.du Rouergue, 2006)

Cécile Reims Graveur de Hans Bellmer(éd. du Cercle d'art, 2006)

La nuit Sexuelle(Flammarion, 2007)

Boutès(Galilée, 2008)

La barque silencieuse(Seuil, 2009)